Welcome My 縫

Welcome My 継

腐女的 *BL* 日本語

宅腐福利社 著

阿星嗓 繪

台灣大學日本語文學系
嚴守潔 碩士 審訂

智富出版

前　言

　　腐女深陷基情的世界，顧及不了課業？BL漫畫通篇擬聲詞，無益於日語學習？腐女的腦袋太肉慾，讀不進文法公式、背不了單字，長久沉溺腐界無法出頭天？

　　以上皆非！各位想像力豐富、膽識過人的腐女，妳還能忍受這樣的誤會嗎？BL漫畫集結愛、希望與勇氣，是日本次文化的精髓，熟讀經典BL漫畫的大大們，其實掌握著日語學習的黃金鑰匙。

　　本書精選五十句經典BL漫畫的台詞，讓讀者回味美好的基情閱讀經驗，同時撥開障蔽智慧之眼的各色擬聲詞，挑出實用的單字、文法，將炫目的愛情動作片轉化為親切的語言學習書，以最得腐女心的例句活化右腦，使妳靈活運用語言不讀死書，重振腐女聲望，一舉掰歪日語教學界！

　　丟掉古板的文法書，燒毀腦人的單字卡，日文不是這麼死氣沉沉、毫無新意的語言！現在就翻開《腐女的BL日本語：攻受皆宜，滿足鬼畜，有感定番》尋找最觸動妳心的文句，輕鬆理解文法，網羅所有獵奇單字。學會日本語，拒絕再被漢化組操控，更加貼近漫畫裡的哥哥，相信自己，腐女的路是又寬又長的！

宅腐福利社　敬上

腐女的BL日本語 目錄

日本語基礎

あいうえおーー

日本哥哥的舌頭頂扛上顎，

腐女須跟進，

想像他們如何於齒間挑弄音節，

我們以發音爲起點，

學習肯定、拒絕的文法，

你好棒ーー不要啊ーー

原來愛啊，從舌尖開始。

啊啊呃咿呼哈之外的字母發音
日文五十音・平假名

✿ 清音

		あ段		い段		う段		え段		お段	
あ行	あ	a	い	i	う	u	え	e	お	o		
か行	か	ka	き	ki	く	ku	け	ke	こ	ko		
さ行	さ	sa	し	shi	す	su	せ	se	そ	so		
た行	た	ta	ち	chi	つ	tsu	て	te	と	to		
な行	な	na	に	ni	ぬ	nu	ね	ne	の	no		
は行	は	ha	ひ	hi	ふ	hu	へ	he	ほ	ho		
ま行	ま	ma	み	mi	む	mu	め	me	も	mo		
や行	や	ya			ゆ	yu			よ	yo		
ら行	ら	ra	り	ri	る	ru	れ	re	ろ	ro		
わ行	わ	wa							を	wo		
撥音	ん	n										

✿ 濁音

		あ段		い段		う段		え段		お段	
か行	が	ga	ぎ	gi	ぐ	gu	げ	ge	ご	go		
さ行	ざ	za	じ	ji	ず	zu	ぜ	ze	ぞ	zo		
た行	だ	da	ぢ	ji	づ	zu	で	de	ど	do		
は行	ば	ba	び	bi	ぶ	bu	べ	be	ぼ	bo		

✿ 半濁音

		あ段		い段		う段		え段		お段	
は行	ぱ	pa	ぴ	pi	ぷ	pu	ぺ	pe	ぽ	po		

啊啊呃咻呼哈之外的字母發音
日文五十音・片假名

✦ 清音

	ア段		イ段		ウ段		エ段		オ段	
ア行	ア	a	イ	i	ウ	u	エ	e	オ	o
カ行	カ	ka	キ	ki	ク	ku	ケ	ke	コ	ko
サ行	サ	sa	シ	shi	ス	su	セ	se	ソ	so
タ行	タ	ta	チ	chi	ツ	tsu	テ	te	ト	to
ナ行	ナ	na	ニ	ni	ヌ	nu	ネ	ne	ノ	no
ハ行	ハ	ha	ヒ	hi	フ	hu	ヘ	he	ホ	ho
マ行	マ	ma	ミ	mi	ム	mu	メ	me	モ	mo
ヤ行	ヤ	ya			ユ	yu			ヨ	yo
ラ行	ラ	ra	リ	ri	ル	ru	レ	re	ロ	ro
ワ行	ワ	wa							ヲ	wo
撥音	ン	n								

✦ 濁音

	ア段		イ段		ウ段		エ段		オ段	
カ行	ガ	ga	ギ	gi	グ	gu	ゲ	ge	ゴ	go
サ行	ザ	sa	ジ	Ji	ズ	zu	ゼ	ze	ゾ	zo
タ行	ダ	da	ヂ	ji	ヅ	zu	デ	de	ド	do
ハ行	バ	ba	ビ	bi	ブ	bu	ベ	be	ボ	bo

✦ 半濁音

	ア段		イ段		ウ段		エ段		オ段	
ハ行	パ	pa	ピ	pi	プ	pu	ペ	pe	ポ	po

看清你的Type腐女動起來
變格活用與動詞種類

　　在日文中，動詞、形容動詞、形容詞等述語的詞形會變化，稱爲用言。不同詞類有不同的變化規則，稱爲「變格活用」，我們必須依照規則變化用言的語幹或語尾，才能表現時態、詞類、語態等。例如：原形動詞出す，變化語尾成出さない，表示否定。基本上，每種詞類都有六種變化，而變化後的各種型態稱爲代表形（即活用形）。

　　未然形主要用來接續表示否定的助動詞，以及被動、可能助動詞、使役助動詞、意志與推量助動詞等。連用形用來連接其他用言，或表示過去、完了的助動詞，但也有不接其他詞，直接當作名詞的用法。終止形（即原形、基本形、終止形、辭書形）大多不連接其他助詞，或只連接終助詞，置於句末，是用言未變化的基本型態。連體形用來連接其他的體言（沒有活用變詞化，可當作主語的名詞、代名詞、數量詞等皆屬體言）。假定形（即條件形）連接現代日文用以表示假定、條件的助詞。命令形不連接其他助詞，或只連接終助詞來表示「命令」。

　　此外，日文的動詞還分爲五種：五段動詞、上一段動詞、下一段動詞、カ行動詞、サ行動詞。我們必須正確判斷動詞的種類，才能進行變格活用。因此，請務必熟習下頁的動詞分辨方法喔！

❋ 五段動詞：

1. 語尾不是「る」的動詞。

   亦即，語尾是く、ぐ、す、つ、ぬ、ぶ、む的動詞。

   例如：さす、飛ぶ、洗う

2. 漢字＋（單數或複數個）假名＋る，且る的上一個假名，是ア、ウ、オ段音。

   例如：無くす、分かる、止まる（く是う段音；か和ま是あ段音）

3. 以下動詞為例外，不屬於五段動詞。

   「居る、射る、鋳る、似る、煮る、着る、干る、簸る、見る」

   是上一段動詞。

   「得る、出る、寝る、経る」是下一段動詞。

❋ 上一段動詞

   漢字＋（單數或複數個）假名＋る，且る的上一個假名，是い段音。

   例如：起きる（き是い段音）

❋ 下一段動詞

   漢字＋（單複數個）假名＋る，且る的上一個假名，是え段音。

   例如：食べる（べ是え段音）

❋ カ行動詞

   来る（カ行動詞只有這一個）

❋ サ行動詞

   する，以及名詞（漢字或片假名）＋する。

   例如：勉強する

※ 請參考 P.12，P.13 的五十音表，分辨日文字母是哪一段音。

愛的動作千變萬化
動詞的變形

🦋 五段動詞變化表

代表形	用言變化	語尾變化	接續	範例（以「出す」為例）
未然形	第一變化	ア	ない	出^ださない
		オ	う	出^だそう
連用形	第二變化	イ	ます	出^だします
原形 基本形 終止形 辭書形	第三變化	ウ	。	出^だす。
連體形	第四變化	ウ	名詞	出^だす＋名詞
條件形 假定形	第五變化	エ	ば	出^だせば
命令形	第六變化	エ	。	出^だせ。

【特例】

1. ある沒有未然形ありない，ある的否定就是ない。

2. なさる、くださる、いらっしゃる、おっしゃる另有變化，如下表：

代表形	用言變化	語尾變化	接續	範例（以「くださる」為例）
未然形	第一變化	ら	ない	くださらない
		ろ	う	くださろう
連用形	第二變化	り	たい	くださりたい
		い	ます	くださいます
原形 基本形 終止形 辭書形	第三變化	る	。	くださる。
連體形	第四變化	る	名詞	くださる＋名詞
條件形 假定形	第五變化	れ	ば	くだされば
命令形	第六變化	い	。	ください。

🦋 上、下一段動詞變化表

代表形	用言變化	語尾變化	接續	範例（以「起^おきる」為例）
未然形	第一變化	×	ない	起きない
			よう	起きよう
連用形	第二變化	×	ます	起きます
原形 基本形 終止形 辭書形	第三變化	る	。	起きる。
連體形	第四變化	る	名詞	起きる＋名詞
條件形 假定形	第五變化	れ	ば	起きれば
命令形	第六變化	ろ（口語用法）	。	起きろ。
		よ（書面用法）		起きよ。

🦋 カ行動詞變化表

代表形	用言變化	語尾變化	接續	範例
未然形	第一變化	来(こ)	ない	来(こ)ない
			よう	来(こ)よう
連用形	第二變化	来(き)	ます	来(き)ます
原形 基本形 終止形 辭書形	第三變化	来(く)る	。	来(く)る。
連體形	第四變化	来(く)る	名詞	来(く)る＋名詞
條件形 假定形	第五變化	来(く)れ	ば	来(く)れば
命令形	第六變化	来(こ)い	。	来(こ)い。

✄ サ行動詞變化表

代表形	用言變化	語尾變化	接續	範例
未然形	第一變化	さ	せる	させる
		し	ない	しない
			よう	しよう
		せ	ぬ	せぬ
連用形	第二變化	し	ます	します
原形 基本形 終止形 辭書形	第三變化	する	。	する。
連體形	第四變化	する	名詞	する＋名詞
條件形 假定形	第五變化	すれ	ば	すれば
命令形	第六變化	しろ（口語用法）	。	しろ。
		せよ（書面用法）		せよ。

形容動詞動口動手好3D

形容動詞的變形

❀ 形容動詞變化表

代表形	用言變化	語尾變化	接續	範例（以「大好き」為例）
未然形	第一變化	だろ	う	大好きだろう
連用形	第二變化	だっ	た	大好きだった
		で	ない	大好きでない
		に	なる	大好きになる
原形 基本形 終止形 辭書形	第三變化	だ	。	大好きだ。
連體形	第四變化	な	名詞	大好きな＋名詞
條件形 假定形	第五變化	なら	ば	大好きならば

腐味需要動感描繪

形容詞的變形

🦋 形容詞變化表

代表形	用言變化	語尾變化	接續	範例（以「黒い」為例）
未然形	第一變化	かろ （書面用法）	う	黒かろう
		いだろ （口語用法）	う	黒いだろう
連用形	第二變化	かっ	た	黒かった
		く	ない	黒くない
			て	黒くて
原形 基本形 終止形 辭書形	第三變化	い	。	黒い。
連體形	第四變化	い	名詞	黒い + 名詞
條件形 假定形	第五變化	けれ	ば	黒ければ

真人語音 mp3光碟
調整速度法

本書附贈眞人語音 mp3 光碟爲正常語速，讀者可利用電腦的 Windows Media Player，將語速調慢。選取視窗上方工具列之播放，將播放速度調至「慢」即可。請見下圖。

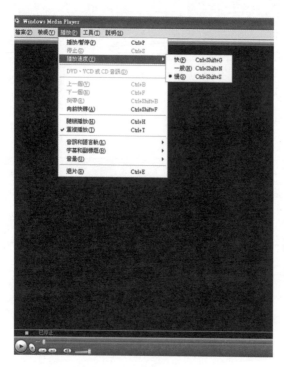

此外，本書置有  圖示的頁面，代表該頁內容的語音檔有收錄於 mp3 光碟。

《腐女的 BL 日本語》眞人語音 mp3 光碟堅持手工錄製，原汁原味，請鎖定 IT 君與 MY 君的竊笑聲，跟隨哥倆好一同翻頁，享受零距離實境語音教學，猶如眞實的 Boy 就在你耳邊！

本書由於內文頁數的調動，導致 MP3 光碟的頁數與內文不符，在此特予更正：本書 MP3 光碟之頁數，全部往後兩頁。造成讀者的困擾，非常抱歉，世茂編輯部將記取教訓，予以改進。

腐女超進化

原來學習，從慾望開始。

哥哥弟弟到底要不要？

渴望知道BL廣播劇進展到哪一步，

腐女腦不進化如何正確接收滿腔愛意，

哥哥弟弟第一嘴日本語，

鬼畜攻的疼愛真的會疼，

誘受的拒絕不是拒絕，

ダメだ！

勘弁してください——

「俺が、お前を抱くのが一番早いだろ。身も心も委ねろよ。」

orega、omaewo dakunoga ichiban hayai daro。mimo kokoromo yudaneroyo。

抱く？抱かれる？……誰が？……俺か?!

daku?dakareru?……darega?……oreka?!

魔王：昔は屈服するまで痛めつけるということもあったようですが、

　　　以前是要讓對方吃點苦頭，直至他屈服的，

　　　このご時世ではねえ、他のやり方で。

　　　不過現在這個時代，還是用別的方式。

Somebody：簡単なやり方があるじゃねーか？

　　　　　不是有個很簡單的方法嗎？

勇者：何？

　　　什麼？

魔王：俺が、お前を抱くのが一番早いだろ。身も心も委ねろよ。

　　　你讓我上就是最快的方法了。身心都屈服於我吧。

勇者：抱く？抱かれる？……誰が？……俺か?!

　　　上？被上？……誰？……我要被上了?!

取自：山田2丁目《因為魔王大人討厭他》（だってまおうさまは彼が嫌い）

單　字　表

屈服する （サ行動詞） くっぷく	詞意	使屈服、降服
	例句	彼にそんなに見つめられれば、彼の命令に屈服する。 我若被他這麼凝視，就會聽從他的命令。
痛め付ける （五段動詞） いた　つ	詞意	使痛苦、折磨
	例句	ＭはＳに足腰が立たないほど痛め付けた。 Ｍ被Ｓ折磨到站不起來。
抱く （五段動詞） だ	詞意	擁抱、懷抱
	例句	私はあんたに抱かれて眠りたいです。 我想被你抱著睡。
簡単 （形容動詞） かんたん	詞意	簡單、簡短、簡潔
	例句	簡単に言えば、俺はあんたが好きになったんです。 簡單來說，我喜歡上你了。
一番 （名詞） いちばん	詞意	第一、最棒
	例句	彼のおしりは全部のおしりで一番だった。 他的屁股是所有屁股中，最棒的。
時世 （名詞） じ　せい	詞意	時代、世代
	例句	今の時世に男が男のことがすきなのは当然だ。 在這個時代，男生喜歡男生是當然的。

長句短句說出你的巨型妄想
文法表

用言第三變化＋が、B句		
表示逆接	雖然～但是～	僕はあんたのことが好きですが、あんたの「ちんちん」は僕を満足させない。 雖然我喜歡你，但是你的「小雞雞」無法滿足我。
語氣轉接	無意義	悪いですが、先にいくよ。 不好意思，我先射囉。
接續助詞 が	造句練習	雖然身高不是一切，但是誰能接受很矮的攻？ ＿＿＿＿＿＿＿＿＿＿＿＿＿＿＿＿＿＿＿＿＿ ＿＿＿＿＿＿＿＿＿＿＿＿＿＿＿＿＿＿＿＿＿ 解答： 身長が全てではないですが、誰がひくいせめを受け入れられるか？ 我想摸一下你的屁股，不知道可不可以呢？ ＿＿＿＿＿＿＿＿＿＿＿＿＿＿＿＿＿＿＿＿＿ ＿＿＿＿＿＿＿＿＿＿＿＿＿＿＿＿＿＿＿＿＿ 解答： ちょっと、あんたのおしりを触りたいのですが、いいですか？

剛強の腐魂

指くらいはもう慣れただろ、安心しろ、

yubikuraiwa mou naretadaro、 anshinshiro、

お前はケツの才能がある。

omaewa ketsuno sainouga aru。

指くらいはもう慣れただろ、

只是手指而已，你已經習慣了吧，

安心しろ、お前はケツの才能がある。

不必擔心，你有屁股的才能。

教你調整 mp3
速度的方法，
請見 P.22。

取自：山田 2 丁目《因為魔王大人討厭他》（だってまおうさまは彼が嫌い）

腐女畫外音：

　　日文的屁股一般稱為おしり(oshiri)，較粗魯的用法
　　是ケツ(ketsu)。這麼說來……削鉛筆機的ケツ真的
　　是很粗魯啊!有刀刃啊!像頂港有名聲的素肚就溫柔多
　　了，可說是「優しいおしり」。

臥著背硬著背每個詞彙都有腐味

單字表

慣れる（下一段動詞）	詞意	習慣、熟悉、熟習
	例句	酒を知ってから、もう十年にもなるが、一向に、あの気持に慣れることができない。 我已經喝了十年的酒，還是無法習慣這種感覺。
指（名詞）	詞意	手指
	例句	彼の手が僕の背中を指先で搔くように弄った。 他用指尖搔弄我的背。
安心（名詞）	詞意	安心、放心
	例句	もう大丈夫ですから、ご安心なさい。 已經沒事了，請放心。
ケツ（名詞）	詞意	屁股
	例句	下野紘さんのケツを叩くか胸を揉むか、梶裕貴さんはどちらにするのか？ **梶裕貴會選擇拍下野紘的屁股，還是揉他的胸呢？**
才能（名詞）	詞意	才能
	例句	大多数の年下攻めは誘惑の才能がある。 大多數的年下攻都有誘惑的才能。
お前（代名詞）	詞意	你
	例句	お前はまだ恋を知らない！ 你還不懂戀愛！

長句短句說出你的巨型妄想
文 法 表

			數量名詞＋くらい／ぐらい		
副助詞 **くらい／** **ぐらい**※	數量的大略	至少 只是〜而已	部屋に五人ぐらいいます。 房間裡至少有五人。		
	時間的大略	大約 〜多一點	僕は毎日一時間ぐらいエッチをします。 我每天都做愛一個多小時。		
	造句練習		我用過的潤滑劑至少有 10000 ml。 _____ _____ 解答： 僕はラブローションを 10000 ml くらい使った。 我每天至少花 10 小時看 BL 漫畫。 _____ _____ 解答： 私は毎日 10 時間ぐらい BL コミックを読みます。		

※ くらいとぐらい用法、意思相同。

<ruby>俺<rt>おれ</rt></ruby>なら……この<ruby>人<rt>ひと</rt></ruby>が<ruby>男<rt>おとこ</rt></ruby>でも<ruby>女<rt>おんな</rt></ruby>でも……<ruby>犬<rt>いぬ</rt></ruby>でも、

orenara……kono hitoga otokodemo onnademo……inudemo、

きっと<ruby>見<rt>み</rt></ruby>つけ<ruby>出<rt>だ</rt></ruby>して<ruby>絶対<rt>ぜったい</rt></ruby>に……<ruby>好<rt>す</rt></ruby>きになる。

kitto mitsukedashite zettaini……sukini naru。

俺なら……
如果是我……

この人が男でも女でも……
無論他是男人或女人……

犬でも猫でも……
貓狗也好……

植物でも機械でも……
植物也好，機器也好……

きっと見つけ出して絶対に……
我一定都會把他找出來……

好きになる。
然後……愛上他。

その程度の想いで俺からこの人を奪わないでくれ……
我愛他到這種程度，求求你不要把他從我身邊搶走。

取自：尾崎南《BRONZE》

臥著背硬著背每個詞彙都有腐味

單字表

想い（おも） （名詞）	詞意	思慕、傾慕、愛戀之心
	例句	あの男（おとこ）はうちの吾郎（ごろう）にひそかに想（おも）いを寄（よ）せていた。 那個男人偷偷愛慕我們的兒子。
絶対（ぜったい） （名詞、 形容動詞）	詞意	絕對
	例句	絶対（ぜったい）にエッチをあきらめないで！ 絕對不要放棄性愛！
機械（きかい） （名詞）	詞意	機械、機器
	例句	あんたは機械（きかい）になったら、僕（ぼく）はあんたの機械技師（きかいぎし）だ。 如果你是機器，我就是你的技師。
程度（ていど） （名詞）	詞意	程度
	例句	鬼畜攻（きちくせ）めはいつも我慢（がまん）できないほどまでエッチしたいね。その程度（ていど）の想（すも）いにはとてもやり切（き）れおい。 鬼畜攻總是想做到受不了的程度呢。這種程度的愛真是讓人堪不住。
見（み）つけ出（だ）す （五段動詞）	詞意	找出、找到
	例句	俺（おれ）は本当（ほんとう）の自分（じぶん）を見（み）つけ出（だ）すために夜（よる）の中（なか）へ駆（か）け出（だ）していた。 我為了尋找真實的自我墮入黑夜。
奪（うば）う （五段動詞）	詞意	奪取、搶取
	例句	僕（ぼく）は彼（かれ）に心（こころ）を奪（うば）われた。 我被他奪去了心魂。

長句短句說出你的巨型妄想

文 法 表

用言第二變化＋ても、B句	動詞 形容詞 ＋ても 形容動詞 名詞 ＋でも

接續助詞 ても	表示逆接	即使～也～	たとえ雨が降っても、デートをしますか？ 即使下雨也要去約會嗎？ 口が嫌だと言っても、体は正直なものだ。 口嫌體正直。（嘴巴說不要，身體卻很誠實。）
	表示並列	不論～還是～	笑っても、泣いても、君の勝手です。 要笑要哭隨便你。 喜んでも、悲しんでも、ゲイコミックを読みます。 不管高興還是悲傷都要看ＢＬ漫畫。
	造句練習		無論你是女王受，還是天然受，我都喜歡。 ___ ___ 解答： 女王受でも、天然受でも、好きです。

剛強の腐魂

性癖（せいへき）がおれの純真（じゅんしん）さのジャマをする、

seihekiga oreno jiyunshinsano jiyamawo suru、

こころに生（は）えた黒（くろ）い翼（つばさ）だ。

kokoroni haeta kuroi tsubasada。

きみのことを本当に純粋に好きなのに、欲情する、

我是真心喜歡你，對你擁有情慾，

よごれた気持ちで、

就是這種心情，

ましてやひどくいじめられたいなんて。

不管你對我多麼殘酷。

性癖がおれの純眞さのジャマをする、こころに生えた黒い翼だ。

我的性傾向是不斷干擾我的純真的那雙黑色翅膀。

取自：ヤマシタトモコ《戀愛心情中的黑羽》（恋の心に黒い羽）

臥著背硬著背每個詞彙都有腐味
單字表

本当 （名詞） <small>ほんとう</small>	詞意	眞的、眞正
	例句	彼は大した強氣攻めだ、本当だよ。 <small>かれ</small><small>たい</small><small>つよ き せ</small><small>ほんとう</small> 他是了不起的強氣攻，眞的啦。
欲情 （名詞） <small>よくじょう</small>	詞意	性慾、情慾、慾望
	例句	彼女の大きく胸の開いたドレスが彼の欲情をそそらない。 <small>かのじょ</small><small>おお</small><small>むね</small><small>ひら</small><small>かれ</small><small>よくじょう</small> 她的超低胸禮服引不起他的情慾。
気持（ち） （名詞） <small>き も</small>	詞意	心情
	例句	お気持ちはよくわかります。 <small>き も</small> 我了解你的心情。
性癖 （名詞） <small>せいへき</small>	詞意	傾向、嗜好
	例句	彼は大言壮語する性癖がある。 <small>かれ</small><small>たいげんそうご</small><small>せいへき</small> 他有誇大的傾向。
ジャマ[※] （名詞、 形容動詞）	詞意	干擾、妨礙
	例句	僕の欲情が一晩中ジャマになった。 <small>ぼく</small><small>よくじょう</small><small>ひとばんじゅう</small> 我被情慾干擾一整晚。
純粋 （名詞、 形容動詞） <small>じゅん すい</small>	詞意	純粹、純眞、純正
	例句	BLは私にとって、極めて純粋な恋愛だった。 <small>わたし</small><small>きわ</small><small>じゅんすい</small><small>れんあい</small> BL對我來說，是極爲純粹的愛喔。

※ 又作じゃま、邪魔。

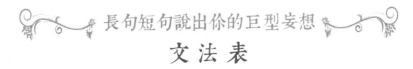

長句短句說出你的巨型妄想

文法表

		A名詞にB名詞がある / いる
格助詞 に	表示存在的場所	**在〜** 位於〜 部屋(へや)にエロビデオがある。 房間裡有A片。
	造句練習	哪裡有情趣用品店呢？ ―――――――――――― 解答： アダルトショップはどこにありますか？ 人體後面有菊花是神的恩典。 ―――――――――――― 解答： からだの後(うし)ろにきくがあるのは神(かみ)の恩恵(おんけい)だ。

剛強の腐魂

君に輪切りにされたい、串刺しにされたい、

kimini wagirini saretai、kushizashini saretai、

家畜みたいに扱われたい。

kachiku mitaini atsukawaretai。

君に輪切りにされたい、串刺しにされたい、
我想跟你在一起，

家畜みたいに扱われたい、
就算被你當成家畜也好，

罵倒されて罵られたい、
我想被你罵、被你打，

冷たい瞳で見つめられたい、
我想你對我投以冷酷的眼光，

きみに、きみに、きみに好かれたい。
我想要你，想要你。

取自：ヤマシタトモコ《戀愛心情中的黑羽》（恋の心に黒い羽）

臥著背硬著背每個詞彙都有腐味

單字表

瞳 （名詞） ひとみ	詞意	眼睛、眼眸
	例句	彼は私の瞳を凝視した。 他凝視我的眼睛。
冷たい （形容詞） つめ	詞意	冷的（低溫）；冷淡的
	例句	近ごろ彼は冷たくなった。 他最近變得很冷淡。
見つめる （下一段 動詞） み	詞意	看著、望著、凝視
	例句	ホームズはワトソンの写真をじっと見つめていた。 福爾摩斯凝視著華生的照片。
罵る （五段動詞） ののし	詞意	罵、咒罵
	例句	先生は私をひどく罵って、うれしい。 我被老師狠狠地罵了，好開心。
扱う （五段動詞） あつか	詞意	對待、應對；操作（機器）
	例句	両胸の乳首をもっと公平に扱いなさい。 請公平地對待兩邊的乳頭。
罵倒する （サ行動詞） ば とう	詞意	辱罵
	例句	彼は私を友人の前で罵倒した。 他在我的朋友面前辱罵我。

長句短句說出你的巨型妄想

文 法 表

希望助動詞 たい		用言第二變化＋たい	
	表示希望、想要	あなたはホテルへ行きたいですか？ 你想要去賓館嗎？	
	造句練習	想被我玩弄得亂七八糟嗎？ _____ _____ 解答： 僕にメチャクチャにされたいんですか？ 想要肛交嗎？ _____ _____	
		解答： オカマを掘りたいですか？	

剛強の腐魂

おれとの距離を

aretono kiyoriwo

決めかねてるみたいなやり方。

kimekaneteru mitaina yarikata。

その日先生はあの日の夜とは違う、

那一天，老師和那一夜不一樣，

おれとの距離を決めかねてるみたいなやり方。

他好像無法掌握與我之間的距離。

一瞬 孝司のことを思い出してしまった俺は、少し後暗さ。

我突然想起孝思，覺得有點後悔。

孝司ならどんな風に俺——とか百万回想像したって、

如果是孝司，會怎麼對我呢——我再怎麼想像，

一生 叶わない夢。

這都是無法實現的夢。

二番目に好きな人でこんなに心臓が痛い、

和第二喜歡的人，心都這麼痛了，

もし孝司にこんなことされたら俺は壊れると思う。

要是跟孝司的話，我一定會完蛋的。

取自：ヤマシタトモコ《模糊的視線》（フォギー・シーン）

臥著背硬著背每個詞彙都有腐味

單字表

心臓 （名詞）	詞意	心臓
	例句	俺にはなァ心臓より大事な器官があるんだよ、何ですか。 對我來說有比心臟重要的器官喔，你猜是什麼。
距離 （名詞）	詞意	距離
	例句	安全な距離を保つ。 保持安全距離。
一瞬 （名詞）	詞意	一瞬間
	例句	一瞬でもいい、あの視線を僕に向けてくれたら…… 一瞬間也好，若那視線能看向我……
痛い （形容詞）	詞意	痛的
	例句	沖田：痛いの痛いの〜土方に飛んで行け〜 沖田：好痛好痛啊〜讓我飛向土方吧〜
後ろ暗い （形容詞）	詞意	後悔、愧疚、有罪惡感
	例句	後ろ暗いことは何一つしていません。 我沒有做任何虧心事。
壊れる （下一段 動詞）	詞意	破壞、毀壞、壞掉、崩壞
	例句	心が壊れてもなお渇望する。それは「究極の愛」。 即使心會崩毀，也渴望。這就是究極之愛。

長句短句說出你的巨型妄想

文 法 表

<table>
<tr>
<td rowspan="4">格助詞
に</td>
<td colspan="2">名詞＋に</td>
</tr>
<tr>
<td>表示動作指向的對象</td>
<td>毎日（まいにちおれ）俺にパフェ作（つく）って下（くだ）さい。
請每天做聖代給我。</td>
</tr>
<tr>
<td rowspan="2">造句練習</td>
<td>理由？想見你難道不行嗎？

―――――――――――――――

解答：
理由（りゆう）？お前（まえ）に会（あ）いたかったじゃいけねぇか？</td>
</tr>
<tr>
<td>少來接近我，想被砍嗎？

―――――――――――――――

解答：
俺（おれ）に近（ちか）づくんじゃねー、斬（き）られてーのか？</td>
</tr>
</table>

剛強の腐魂

<ruby>世界<rt>せかい</rt></ruby>にふたりっきりなら、

sekaini hutarikkiri nara、

<ruby>他<rt>ほか</rt></ruby>に<ruby>選択<rt>せんたく</rt></ruby>の<ruby>余地<rt>よち</rt></ruby>もなく、お<ruby>前<rt>まえ</rt></ruby>が<ruby>俺<rt>おれ</rt></ruby>の<ruby>一番<rt>いちばん</rt></ruby>。

hokani sentakuno yochimo naku、omaega oreno ichiban.

忘れていたような　大切なあたりまえから、

自從我開始遺忘那些理所當然的事物，

順番に世界が壊れてゆく。

世界便漸漸崩壊了。

神様……

神啊……

世界にふたりっきりなら　よかったのになあ……

如果這世界上，只有我們兩個人，那該有多好……

そうすれば、他に選択の余地もなく、おまえがおれの一番。

如此一來，沒有其他選擇，你就是我的第一順位了。

取自：ヤマシタトモコ《愛照亮了愛》（イルミナシオン）

臥著背硬著背每個詞彙都有腐味

單字表

ふたり （名詞）	詞意	兩人
	例句	俺を犯すふたりの男達は俺が育てたふたりの息子だ。 侵犯我的兩個男人就是我養大的兩個兒子啊。
大切 （形容動詞）	詞意	重要
	例句	大切なものは見えにくいです。 重要的東西都難以發現。
選択 （名詞）	詞意	選擇
	例句	人生は選択肢の連続です。 人生就是一連串的選擇題。
余地 （名詞）	詞意	餘地、餘裕
	例句	やおい目線とかやおい脳とかやおい電波とか、ありとあらゆる「やおい化スキル」を駆使できる余地のある作品が最高だ。 有餘裕驅使 Yaoi 視線、Yaoi 腦、Yaoi 電波等等「Yaoi 化技術」的作品是最棒的。
一番 （名詞、 副詞）	詞意	第一、最
	例句	髪切りながら交わされる美容師との会話は世界で一番どうでもいい。 理髮時和美髮師的對話是世界上最沒有意義的。
様 （接尾語）	詞意	〜大人（敬稱）
	例句	堕天使と死神様が遭遇した。 墮落天使和死神大人相遇了。

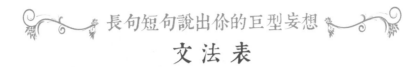

長句短句說出你的巨型妄想

文法表

用言第二變化＋てゆく／ていく		
補助動詞 **てゆく／** **ていく**	表示狀態的變化	少子化が進んで、赤ちゃんの出産率はさらに減っていくでしょう。 隨著少子化的演進，嬰兒的出生率會更低吧。
	造句練習	今後會逐漸變冷。 　 解答： これから段々寒くなっていきます。 每天吃那麼多，會漸漸變胖喔。 　 解答： 毎日こんなにたくさん食べると、もっと太っていくよ。

剛強の腐魂

そのときおれは、馬鹿^{ばか}みたいに、

sonotoki orewa、baka mitaini、

震^{ふる}えるほど。

hurueru hodo。

あの日から七年、
那之後已過了七年，

おれからは、ただ、お前が消えない、
你卻從未自我心中消失，

こんなことをこれからも毎日繰り返すのか？
這種日子還要繼續下去嗎？

これが最後の恋でもないのに！
這明明不是最後一場戀愛啊！

そのときおれは、馬鹿みたいに、震えるほど。
然而當時的我卻像笨蛋一樣，抖個不停。

取自：ヤマシタトモコ《再愛我一次》（touch me again）

腐女畫外音：

　　說到抖個不停，就讓人內心一陣萌呢，客官您說說看，到底
　　是做了什麼事，好好的一個人竟會抖個不停(笑)。其實抖動
　　也有多種擬聲詞表現方式，如果是有「異物突進」，使人突
　　然震一下可用ビクビク；忽見龐然「粗」物拔山倒樹而來，嚇
　　到ガクガク地發抖也是人之常情；有些小受必需堅持口嫌體正
　　直的角色形象，則會選擇ぶるぶる的身體微幅顫抖來展現慾望
　　啊。雖說本書堅持要教你擬聲詞以外的日文，但是擬聲詞也
　　是很深奧的！

臥著背硬著背每個詞彙都有腐味

單 字 表

馬鹿 (ばか) (名詞)	詞意	笨蛋、白癡
	例句	先輩を馬鹿にしてはいけない。 你不應該把學長當白癡（輕視學長）。
最後 (さいご) (名詞)	詞意	最後
	例句	僕らは最後の最後まで戦った。 我們戰到最後。
毎日 (まいにち) (名詞)	詞意	每天
	例句	彼は毎日ダッチワイフと一緒に寝ます。 他每天都和充氣娃娃一起睡。
繰（り）返す (五段動詞)	詞意	反覆、重覆
	例句	玄奘三蔵は禁欲的な毎日を繰り返しているうちに、心の中でまた孫悟空と一緒に取経しに行きたい気持ちがとても強い。 唐三藏每天重覆著禁慾的生活，真的很想再和孫悟空一起去取經。
震える (ふる) (下一段動詞)	詞意	震動、顫抖、抖動
	例句	彼の唇は震えている。 他的唇抖動著。
消える (き) (下一段動詞)	詞意	消失、消逝
	例句	ゴンは車窓に消える風景を見つめて、キルアを思い出した。 小傑看著窗外逝去的風景，想起了奇犽。

長句短句說出你的巨型妄想

文 法 表

名詞＋から			
格助詞 から	表示動作的對象	來自~ 從~	さっきお母さんからの電話がありました。 剛剛你媽媽打電話來。
	表示動作的起點	從~	昨日図書館から借りた本は BL の本です。 昨天我從圖書館借來的書是 BL 書。
	表示時間的起點	從~	下野紘は 5 歳ぐらいから BL 声優をやっています。 下野紘從五歲開始做 BL 聲優。
	造句練習		BL 劇從九點開始。 解答： 9 時から BL ドラマが始まります。

剛強の腐魂

まいったな、かわいー顔<ruby>顔<rt>かお</rt></ruby>すんじゃねぇよ……年下<ruby>年下<rt>としした</rt></ruby>ぶって、

maittana、kawai — kao sun jiyaneeyo……toshishita butte、

けっこーキュンとくんじねぇか！

kekko — kiyontokun jineeka ！

うるせーバカ！年上（としうえ）らしく いろいろ 譲（ゆず）ってやっから、
吵死了！我會成熟點讓你這小鬼啦！

こんくらい我慢（がまん）しろ！
這點先忍耐！

好（す）きなんだから、
誰叫我就是喜歡你啊，

させてやるつってんだよ 鳥野郎（とりやろう）！感謝（かんしゃ）しろ。
我答應讓你做啦，死鳥原！你要感激我。

最悪（さいあく）だよ……てめぇみてーな小僧（こぞう）に……
爛透了……讓你這種臭小鬼……

も一諦（あきら）めておれあんたが好（す）きなんです。
快接受吧，我是真的很喜歡你。

まいったな、かわいー顔（かお）すんじゃねぇよ……年下（としした）ぶって、
けっこーキュンとくんじねぇか！
可惡，竟然用這麼可愛的表情……故意要誘惑我吧！

取自：ヤマシタトモコ《居酒屋明樂》（くいもの処 明樂）

臥著背硬著背每個詞彙都有腐味

單　字　表

感謝（かんしゃ） （名詞）	詞意	感謝
	例句	彼らの協力（かれ　きょうりょく）にとても感謝（かんしゃ）した。 感謝他們的協助。
我慢（がまん） （名詞、 形容動詞）	詞意	忍耐
	例句	もう我慢（がまん）できない。 再也忍不下去了。
最悪（さいあく） （名詞、 形容動詞）	詞意	最糟
	例句	最悪（さいあく）の事態（じたい）に陥（おちい）った。 陷入最糟糕的狀況。
いろいろ （名詞、 形容動詞）	詞意	各式各樣
	例句	攻（せ）めには色々（いろ）ある。 攻有許多種。
うるさい （形容詞）	詞意	吵鬧、煩人
	例句	うるさくて仕事（しごと）にならない。 太吵了，我無法工作。
譲る（ゆず） （五段動詞）	詞意	讓步；讓出、讓與
	例句	彼（かれ）は一歩（いっぽ）も譲（ゆず）ろうとはしない。 他一步也不讓。

長句短句說出你的巨型妄想

文 法 表

		名詞 ＋らしい 副詞
接尾語 らしい	像 ～ 一 樣 很 有 ～ 的 感 覺	彼は男らしい。 他很有男人味。
	造 句 練 習	Ｓ？Ｍ？你要當哪個？爲何你不像個男人地下決定呢？ ＿＿＿＿＿＿＿＿＿＿＿＿＿＿＿＿＿＿＿＿＿＿＿ ＿＿＿＿＿＿＿＿＿＿＿＿＿＿＿＿＿＿＿＿＿＿＿ 解答： Ｓ？Ｍ？どっちにする？男らしく決断したらどうだ？ 這眞是像他會做的。 ＿＿＿＿＿＿＿＿＿＿＿＿＿＿＿＿＿＿＿＿＿＿＿ ＿＿＿＿＿＿＿＿＿＿＿＿＿＿＿＿＿＿＿＿＿＿＿ 解答： 彼らしいやり方だ。

剛強の腐魂

知っているかい？曽於君、

shitteiru kai? sookun、

列車で始まるのは恋とミステリーだと云う事を。

resshiyade hajimarunowa koito misuteri ─ da toiukotowo。

知っているかい？曽於君、
你知道嗎？曽於老弟，

列車で始まるのは恋とミステリーだと云う事を、
聽說在列車上會發生謎樣的戀情喔，

そして、きみは僕の運命の相手だの云う事も、
也就是說，你有可能是我命中註定的對象。

純色の路線に響く音が引き会わそた……
深色軌道發出的聲響，引領我們相見……

この路はきみへ続いていると！
這條路會繼續帶你向前！

如何様にも振りほどけぬ、偶然の出会いこそが運命！
不過感嘆歸感嘆，我們能如此偶然地相遇，真是命運的安排呀！

故にこの三度目の出会いに、
如果我們能第三次不期而遇，

きみを運命からさらいたい、
表示命運已將我們綁在一起，

ここで別れても必ずや出会うだろう、
雖然現在我們要就此告別，但他日我們定會再次相逢，

列車で始まるのは恋とミステリーだよ！
當列車開動時，謎樣的戀情也會就此展開喔！

取自：トジツキハジメ《列車上發生的謎樣世界》（列車で始まるミステリー）

臥著背硬著背每個詞彙都有腐味

單字表

相手 （名詞） <small>あい て</small>	詞意	對象、對手
	例句	夫の不倫相手は男て、気持ちが微妙だ。 丈夫的外遇對象是男人的心情眞微妙。
出会い （名詞） <small>で あ</small>	詞意	相遇、邂逅
	例句	ＢＬとの出会いが私の人生観を変えた。 遇見 BL 改變了我的人生觀。
運命 （名詞） <small>うんめい</small>	詞意	命運
	例句	我々はしょせん死ぬ運命なのだ。 我們終將迎接死亡的命運。
必ず （副詞） <small>かなら</small>	詞意	一定、必定
	例句	明日は必ず雨が降るだろう。 明天一定會下雨喔。
別れる （下一段 動詞） <small>わか</small>	詞意	離別、與～分開
	例句	身分違いを日に日に感じる梅田は上野に別れを告げてしまう。 日日感受到身分差異的梅田，告別了上野。
始まる （五段動詞） <small>はじ</small>	詞意	開始、展開
	例句	今更悔んでも始まらない。 現在開始後悔已經來不及了。

長句短句說出你的巨型妄想
文 法 表

表示說話	說 〜	嫌（いや）というほど愛玩（あいがん）される。 疼他疼到他說「不要」。
表示解說	稱為 所謂 〜	M男はアナル舐（な）めと言（い）う事（こと）が大好（だいす）き。 M男最喜歡舔菊花這種事了。
表示聽說	聽說 〜	ナルトが11月10日発売（はつばい）の週刊少年（しゅうかんしょうねん）ジャンプ50号（ごう）で遂（つい）に完結（かんけつ）すると言（い）う。 聽說火影忍者的完結篇，會刊在11月10日發行的周刊少年JUMP五十號。
〜と云（い）う ／と言（い）う	造句練習	我拼了命研究男人之間纖細的關係。 ――――――――――――― ――――――――――――― 解答： 私（わたし）は「男同士（おとこどうし）という繊細（せんさい）な関係（かんけい）」を一生懸命（いっしょうけんめい）考察（こうさつ）する。 「女裝是男生才可以穿的，所以是最有男子氣概之行為」的主張具有壓倒性的說服力。 ――――――――――――― ――――――――――――― 解答： 「女裝（じょそう）は男（おとこ）しか出来（でき）ないのだから、最（もっと）も男（おとこ）らしい行為（こうい）だ」という主張（しゅちょう）は圧倒的（あっとうてき）な説得力（せっとくりょく）を持（も）つ。

剛強の腐魂

結婚登記書

<ruby>俺<rt>おれ</rt></ruby><ruby>今<rt>いま</rt></ruby>までの<ruby>全部<rt>ぜんぶ</rt></ruby>が<ruby>好<rt>す</rt></ruby>きじゃったよ、

ore imamadeno zenbuga sukijiyattayo、

これがずっと<ruby>続<rt>つづ</rt></ruby>いたら <ruby>一生<rt>いっしょう</rt></ruby>じゃろ？

korega zutto tsudsuitara isshiyoujiyaro ？

俺はバカやきようわからんけど、

我是笨蛋所以不太懂。

一生って 生きてる間 全部って事じゃろ？

但是，一生是指活著的時光吧？

俺は今までの全部が好きじゃったよ。

我到目前為止都一直喜歡著你喔，

これがずっと続いたら 一生じゃろ？

這份感情只要一直維持下去就是一生吧？

取自：トジツキハジメ《千一秒物語》

臥著背硬著背每個詞彙都有腐味

單字表

一生 （名詞）	詞意	一生
	例句	ケツが毛だるまですが一生幸せにします。 雖然屁股上長滿了毛，但我會讓你很幸福的。
間 （名詞）	詞意	期間
	例句	生きてる間に俺の股間のセンサーはだまされねえさ。 在我活著的期間，我股間的感應器都不會上當。
今 （名詞）	詞意	現在
	例句	今の間違ってないからね！俺の言ってるのは精神的な意味だから！誰だって生まれたては不安じゃん？ 你現在沒有聽錯！我說的是精神上的意思！所有人剛出生時都很不安吧？
物語 （名詞）	詞意	故事、談話、敘述
	例句	腐女子のための物語、リバ上等！ 獻給腐女的故事，高級的攻受不分！
生きる （上一段 動詞）	詞意	活著
	例句	健全なる精神と健全なる身体があって、腐女子は百まで生きるよ。 因為身心健全，腐女會活到一百歲喔。
続く （五段動詞）	詞意	持續、接續
	例句	フラれたけれど、続く想い。 分分合合的愛情故事。

長句短句說出你的巨型妄想

文法表

用言第二變化＋ている／てる		
表示進行式	正在〜 〜著	心臓が高鳴っている。胸から込み上げた何かが指先にまで広がって感情ということは、人に胸が高鳴るのは恋だと言う？だが男に？ 心臟撲通跳，胸中滿脹的某種東西擴散到指尖，這讓人心臟撲通跳的感情就是戀愛嗎？跟男人？
補助動詞 ている／ てる※	造句練習	這樣子碰著……背上有未知的觸感…… ——————————— ——————————— 解答： 当たってる……背中に未知の感触がある…… 可恥的我比起軍人，更傾向男妓呢。 ——————————— ——————————— 解答： けしからん奴だ。軍人より男娼に向いてるようだな。

※ てる是ている的連音，兩者意思一樣，てる較口語。

剛強の腐魂

床に倒れるのと、俺の方に倒れるのは、

yukani taorerunoto、oreno houni taorerunowa、

どっちがマシですか？

docchiga mashi desuka ？

城谷さん、
城谷先生，

眞剣に聞きますけど、
你要認真回答我。

床に倒れるのと、
倒在地板上，

俺の方に倒れるのは、
和倒在我身上，

どっちがマシですか？
哪種你能接受？

取自：宝井理人《10 COUNT》

臥著背硬著背每個詞彙都有腐味

單字表

床 （ゆか） （名詞）	詞意	地板
	例句	床に臥せる人はセクシーだ。 睡在地板上的人好性感。
方 （ほう） （名詞）	詞意	一方、方面
	例句	早漏は私の方の手落ちでした。 早洩是我（這一方）的問題。
どっち （代名詞）	詞意	哪一個、哪一方
	例句	どっちが攻めか見分けがつかない。 我分不清哪個是攻。
真剣に （しんけん） （副詞）	詞意	認真地
	例句	人生について真剣に考える。 認真思考人生。
聞く （き） （五段動詞）	詞意	聽、聆聽
	例句	寝る前に男性声優のリップ音と吐息ありを聞くと幸せになれる。 睡前聽男聲優的唇音啾啾（親嘴聲）與喘息聲，真的很幸福。
倒れる （たお） （五段動詞）	詞意	倒下
	例句	律は体調不良で倒れた。体調不良 の原因を聞きたい？ 律因為身體狀況不好而倒下。你想聽他身體狀況不好的原因嗎？

長句短句說出你的巨型妄想

文 法 表

<table>
<tr>
<td rowspan="10">格助詞 と</td>
<td colspan="3">A 名詞 + と +B 名詞</td>
</tr>
<tr>
<td rowspan="2">表示事物的</td>
<td rowspan="2">並列</td>
<td rowspan="2">和〜</td>
<td>チョッパーに誰_{だれ}と BL したい？</td>
</tr>
<tr>
<td>你想讓喬巴和誰 BL 一下呢？</td>
</tr>
<tr>
<td colspan="3">名詞 + と +動詞</td>
</tr>
<tr>
<td rowspan="2">表示共同動作的同伴</td>
<td rowspan="2">和〜一起〜</td>
<td>兄_{あに}さんと一緒_{いっしょ}に遊園地_{ゆうえんち}へ行_いきました。</td>
</tr>
<tr>
<td>我和哥哥一起去了遊樂園。</td>
</tr>
<tr>
<td colspan="3">名詞 + と + 同じ / 違う</td>
</tr>
<tr>
<td rowspan="2">表示比較的基準</td>
<td rowspan="2">比〜更〜</td>
<td>恋人_{こいびと}は私_{わたし}と同_{おな}じ性別_{せいべつ}です。</td>
</tr>
<tr>
<td>我愛人的性別和我一樣。</td>
</tr>
<tr>
<td rowspan="4" colspan="2">造句練習</td>
<td>往腐界踏出一步，變成和昨天不一樣的自己！</td>
</tr>
<tr>
<td>解答：
腐女子_{ふじょし}の世界_{せかい}（ワールド）への一歩_{いっぽ}を踏_ふめば、昨日_{きのう}と違_{ちが}う自分_{じぶん}になれる！</td>
</tr>
<tr>
<td>這是我與 BL 命運的邂逅！</td>
</tr>
<tr>
<td>解答：
これが私_{わたし}と BL の運命_{うんめい}の出会_{であ}い！</td>
</tr>
</table>

剛強の腐魂

気持ちも巡るものならば、あなたにも届いて、

kimochimo megurumono naraba、anatanimo todoite、

また私にも戻ってきますように。

mata watashinimo modotte kimasu youni。

そうだよ、

沒錯，

だって、好きだとか愛しいとか、

因為無論是喜歡或愛，

いつだって、生まれて、きて溢れてくるんだ。

隨時都會發生，充滿人的心中。

気持ちも巡るものならば、

如果心情也是循環之物，

あなたにも届いて、

就會傳達到你心中，

また私にも戻ってきますように。

再回到我身上。

取自：元ハルヒラ《麻羽里與龍》（マウリと竜）

臥著背硬著背每個詞彙都有腐味

單字表

好き （す） （名詞、 形容動詞）	詞意	喜歡
	例句	ショターがとても好きだ。 最喜歡正太了。
戻る （もど） （五段動詞）	詞意	返回、回歸、回到；回復
	例句	一人残されて、忘れていた寂しさが戻ってくる。 我獨自留下來，使忘卻的寂寞又湧上來（又回來了）。
届く （とど） （五段動詞）	詞意	傳達、傳遞、抵達
	例句	彼を愛しているという気持ちが彼の胸に届きたい。 我想向他傳遞，喜歡他的心情。
巡る （めぐ） （五段動詞）	詞意	循環、環繞、圍繞
	例句	血液は体内を巡る。 血液在體內循環。
溢れる （あふ） （下一段 動詞）	詞意	滿溢、溢出；充滿
	例句	溢れる涙を抑え切れなかった。 我無法壓抑滿眶淚水。
生まれる （う） （下一段 動詞）	詞意	誕生、出生；產生
	例句	愛から性が生まれる。 性由愛而生。

長句短句說出你的巨型妄想
文 法 表

		用言第三變化 ＋とか 名詞
並立助詞 とか	表示列舉	例如～和～等
		騎乗位とか立位とかが好きな体位だ。 我喜歡 0 號在上 1 號在下、站著做等體位。
	造句練習	最好偶爾也做做正常體位或側面體位等姿勢喔。 ＿＿＿＿＿＿＿＿＿＿＿＿＿＿＿＿＿＿＿＿＿＿ ＿＿＿＿＿＿＿＿＿＿＿＿＿＿＿＿＿＿＿＿＿＿ 解答： 時々は正常位とか側位とかした方がいいですよ。 在 BL 的世界，沒有假奶、死魚女※等問題。 ＿＿＿＿＿＿＿＿＿＿＿＿＿＿＿＿＿＿＿＿＿＿ ＿＿＿＿＿＿＿＿＿＿＿＿＿＿＿＿＿＿＿＿＿＿ 解答： BL の世界にがせパイとかマグロ女とかなどの問題があり ません。

※ 死魚女，マグロ女，指性愛時，毫無反應的女生。

剛強の腐魂

<ruby>男<rt>おとこ</rt></ruby>に<ruby>失恋<rt>しつれん</rt></ruby>した<ruby>傷<rt>きず</rt></ruby>は

otokoni shitsurenshita kizuwa

<ruby>意外<rt>いがい</rt></ruby>と<ruby>深<rt>ふか</rt></ruby>いようだ。

igaito hukaiyouda。

強がるように宇高は笑った。

故作堅強的宇高笑了。

それは誰が見たってきれいな笑顔で、

我看著這誰都會覺得美麗的笑容，

俺は沢津のような勇気を持っていなかったことを後悔した。

開始後悔自己沒有勇氣。

男に失恋した傷は意外と深いようだ。

失戀所造成的傷口，對男人而言傷害滿大的。

しゃんと伸ばした背筋の内側は、

在我挺直的背後，

臆病者の打算が網の目のように張ってある。

懦弱膽小的想法隱隱約約地浮現。

取自：鈴木ツタ《只牽你的手》（シエイク　ハント）

臥著背硬著背每個詞彙都有腐味

單字表

背筋(せすじ) （名詞）	詞意	背脊
	例句	BL 本が出た瞬間、私の背筋がゾッとした。 BL 本出刊的瞬間，我的背脊一陣顫慄。
深い(ふかい) （形容詞）	詞意	深的、深刻、深奧
	例句	百合者とＢＬ者の間の暗くて深い溝がありますか？ 百合愛好者和 BL 愛好者之間，有又暗又深的鴻溝嗎？
伸ばす(のばす) （五段動詞）	詞意	伸展、延伸、伸長；提升（能力）
	例句	彼は受けの才能を伸ばす教育を受けている。 他正在接受提升 0 號能力的教育。
強がる(つよがる) （五段動詞）	詞意	逞強、勉強
	例句	どんなに強がってもこんなに濡らしてたから全く説得力が無いわ！ 你已經這麼濕了，不管再怎麼逞強，都不具有說服力啊！
笑う(わらう) （五段動詞）	詞意	笑
	例句	強気攻めの前では無理に笑ってみせた。 站在強氣攻面前，我勉強自己笑。
持つ(もつ) （五段動詞）	詞意	拿著、持有、擁有；抱持、懷抱
	例句	彼はむちを手に持って、ゆっくりと僕のところに来ます。 他手中拿著鞭子，緩緩向我走來。

長句短句說出你的巨型妄想
文法表

		用言第四變化　＋ように＋動詞 名詞
比況助動詞 ～よう	表示狀態	呈現～的樣子：像～一樣 彼は恥（は）ずかしいように思（おも）いました。 他好像很不好意思。
	造句練習	離開你，我變得很寂寞。 解答： あなたとは別（わか）れたって、寂（さび）しいようになり。 為了你，像野獸一樣擁抱。 解答： 獣（けもの）のように抱（だ）いてやる。

剛強の腐魂

こんな時ですら、

konna tokidesura、

君に言いたい言葉を何一つ選べない。

kimini iitai kotobawo nanihitotsu erabenai。

君に嫌われたくないだけなのに、
我只是不想讓你對我產生反感，

こんな時ですら君に言いたい言葉を何一つ選べない、
在這時候，想對你說的話一句也說不出口，

ただ君に好かれたくてたまらないのに。
我想說，我只是希望成為你真正的最愛。

取自：鈴木ツタ《只牽你的手》（シエイク　ハント）

腐女畫外音：

　　話說不出口，就別說了，直接呻吟吧!日文的喘息聲、呻吟稱
　　爲あえぎ声(aegigoe)，漫畫會出現的擬聲詞多爲アァン(aan)、
　　ウゥーン(uu-n)；或是「もっと強く（motto tuyoku，再用力
　　一點）」跟「硬い（katai，好硬）」。

臥著背硬著背每個詞彙都有腐味

單 字 表

言葉（ことば）（名詞）	詞意	言語、話語
	例句	感情（かんじょう）を言葉（ことば）に表（あらわ）す。 用言語表達感情。
言う（いう）（五段動詞）	詞意	說
	例句	私（わたし）は決定的（けっていてき）な一言（ひとこと）を言（い）わずにおいた。 我還有一句話沒說出口。
選べる（えらべる）（下一段動詞）	詞意	選擇
	例句	どのような体位（たいい）を選（えら）べるのか、教（おし）えてください。 請告訴我你選擇哪一個體位。
好かれる（すかれる）（下一段動詞）	詞意	使～喜歡上～
	例句	この年下攻（とししたせ）めは皆（みな）に好（す）かれる。 所有人都喜歡這個年下攻。（這個年下攻被所有的人喜歡。）
嫌われる（きらわれる）（下一段動詞）	詞意	討厭、厭惡
	例句	男（おとこ）×男（おとこ）の世界（せかい）で一番（いちばん）嫌（きら）われるのは悪女（あくじょ）キャラだ。 男男的世界中，最討人厭的就是惡女角色。

 長句短句說出你的巨型妄想

文法表

接續助詞のに		用言第四變化＋のに、B句		
	表示逆態接續	雖然～但是～ 明明～	彼<ruby>か<rt>れ</rt></ruby>は、ステーキがおいしいのに、ほとんど<ruby>食<rt>た</rt></ruby>べません。 牛排明明很好吃，他卻幾乎不吃。	
	造句練習	雖然已經做（愛）好幾次了，但他還是不滿足呢。		
		_____		
		_____		
		解答： 彼は<ruby>何回<rt>なんかい</rt></ruby>もセックスしたのに、<ruby>満足<rt>まんぞく</rt></ruby>しないね。		
		雖然有很多的男人，但我卻不想跟他們在一起。		
		_____		
		_____		
		解答： たくさんの<ruby>男子<rt>だんし</rt></ruby>がいるのに、<ruby>彼<rt>かれ</rt></ruby>らと<ruby>一緒<rt>いっしょ</rt></ruby>にいたくない。		

剛強の腐魂

子も成せず、

komo nasezu、

世間から変態色欲と蔑まれるのかな。

sekenkara hentaishikiyokuto sagesumareruno kana。

例えば、立花を好きだと言って、
如果我說喜歡立花，

どんな未来があるのだろうか？
我會擁有什麼樣的未來呢？

子も成せず、
連孩子都不能生，

世間から変態色欲と蔑まれるのかな。
說不定還會被世人當成變態而遭蔑視。

取自：ゆき林檎《玉響》

腐女畫外音：

　　其實被罵變態有時也是一種情趣(誤)，端看罵你的人是誰！日
　　文罵人的單字不少，但是大部分聽起來都不夠有力，在此介
　　紹幾個供大夥用於想像野男人與野男人的閨房之樂，哈哈。

　　くそやろう(kusoyarou)：屎人
　　獸(kedamono)：禽獸
　　人間クズ(ningenkuzu)：廢人
　　エロくてきもい(erokutekimoi)：色鬼
　　エモい(emoi)：色龜，エロくてきもい的縮寫

臥著背硬著背每個詞彙都有腐味

單字表

未来（名詞） みらい	詞意	未來
	例句	それは、未来の見えない愛のうた。 這是看不到未來的愛。
世間（名詞） せけん	詞意	世間、世界；世人、人們
	例句	彼の恋愛事件は世間を騒がせた。 他的戀愛驚動全世界。
変態（名詞） へんたい	詞意	變態
	例句	先輩が変態すぎる。 學長太變態了。
蔑む（五段動詞） さげす	詞意	輕視、蔑視
	例句	彼は私を蔑んでいた。 他輕視我。
成す（五段動詞） な	詞意	完成、促成、形成
	例句	彼の言うことは意味を成さない。 他言不成理。
例える（下一段動詞） たと	詞意	例如、好比說、比喻
	例句	BLの攻め×受けを動物に例えると何×何になるんですか？ BL 的攻×受可以用哪種動物×動物來比喻呢？

長句短句說出你的巨型妄想
文法表

格助詞 の	所屬表示關係	あなたの身近に、ＢＬ作品を好む人はいますか。 你身邊有喜歡ＢＬ作品的人嗎？
	代替連體修飾子句的主語「が」	色の赤い乳輪はおいしいです。 顏色是紅色的乳頭比較好吃。
	代替已知所修飾的名詞用言	おかしいのはあんたじゃないでしょうか？ 奇怪的（人）不是你嗎？
	同位格	研究に没頭すると食事すら摂らなくなる、どこか儚げな研究生の理。同じ研究室に入り浸っている後輩の泉は、自他ともに認める「飼い主」としてそんな理の世話を焼く日々を過ごしていた。 研究生阿理只要埋頭於研究，就會連飯都忘記吃，仿佛成仙。而同樣泡在研究室的學弟阿泉，則以公認兼私認的「飼主」身分，每天負責照顧阿理。
	用言第四變化＋の	
	名詞化	姉のおなかをふくらませるのは僕だ。 讓姊姊大肚子的人是我。
	造句練習	你的小雞雞健康嗎？ ＿＿＿＿＿＿＿＿＿＿＿＿ 解答： あなたのちんこは健康ですか。 你玩屁屁的那一天就是我的屁屁紀念日。 ＿＿＿＿＿＿＿＿＿＿＿＿ 解答： あなたがお尻をいじった日は僕のお尻紀念日だ。

17

よっきゅう かんじょう
欲求も感情もあるのに、
yokkiyuumo kanjiyoumo arunoni、

ちしき じゃま
知識が邪魔をした。
chishikiga jiyamawo shita。

オレはあの頃お前が好きだったんだ、
那時候的我喜歡著你，

欲求も感情もあるのに、
明明有慾望也有感情，

知識が邪魔をした。
卻被認知所干擾。

どうなったって男だ、
再怎麼說我們都是男的，

まして友人のお前とどうこうなろうなんて……
而且是朋友，怎麼會變成這樣呢……

取自：ゆき林檎《玉響》

臥著背硬著背每個詞彙都有腐味

單字表

頃 （名詞）	詞意	時刻、時候
	例句	BL を知らない頃の純粋な気持ちに戻りたいんです。 好想回到不懂 BL 時的純潔。
欲求 （名詞）	詞意	欲求、慾望
	例句	欲求不満のド M 男子は宅配便でやって来る！ 欲求不滿的抖 M 男子宅配過來囉！
感情 （名詞）	詞意	感情
	例句	ルームメイトに感情を注入。 對室友注入感情。
知識 （名詞）	詞意	知識
	例句	BL 専門用語の基礎知識とは腐女子としての必要と考えられる用語が編集された辞典の一種で、年鑑の性格も持つ。 「BL 專門用語的基礎知識」將腐女必須知道的用語，集結成冊，是一種辭典，具有年鑑的特性。
友人 （名詞）	詞意	朋友
	例句	兄の友人と恋人になりたいです。 好想和哥哥的朋友當戀人。
男 （名詞）	詞意	男生、男人
	例句	男なら当たって砕けろ。 是男人就放手一搏。

文法表

長句短句說出你的巨型妄想

名詞、形式名詞、副詞、形容動詞語幹＋だ		
斷定助動詞だ	表示肯定、判斷	このまま奥に入れていいんだよ。 這樣進來就很好了喔。
	造句練習	受：饒了我吧！ 攻：不行！ ――――――――――――― ――――――――――――― 解答： 受け：勘弁してください！ 攻め：ダメだ！ 讓我變得如此淫蕩的人是你吧。 ――――――――――――― ――――――――――――― 解答： 俺を淫らにさせたのはお前だろう。

剛強の腐魂

そんなに見(み)るなよ、

sonnani mirunayo、

穴(あな)が空(あ)くだろ。

anaga akudaro。

そんなに見る（み）なよ、
別那麼看著我，

穴（あな）が空（あ）くだろ。
會讓我覺的後面很寂寞喔。

お前（まえ）がやりたくってしょうがねーって顔（かお）すんの、ちょっと見（み）て
みてぇな。
我真想看看你欲求不滿，想做愛的樣子。

取自：ヨネダコウ《鳴鳥不飛》（囀る鳥は羽ばたかない）

腐女畫外音：
　　小受背後迷人的縫用日文怎麼說呢？アナル（anaru）、
　　アヌス（anusu）來自英文的anal；肛門稱爲こうもん（
　　koumon），尻穴（siriana）是屁股上的洞，就是屁眼；
　　小菊花是菊（kiku），與菊門（きくもん）、菊座（き
　　くざ）的意思相同。人體後門的說法真的有很多種，日
　　本人對這個小巧深邃的黑洞真的是愛意滿滿呀~身爲一
　　屆腐女，真想爲哥哥們喊一句：Welcome my 縫！

臥著背硬著背每個詞彙都有腐味

單字表

穴（あな）（名詞）	詞意	穴、屁眼
	例句	BLで挿入するのはいわゆる肛門ですが、BLモノでは「やおい穴」「謎穴」などと呼ばれる。 BL 實際插入的地方，就是所謂的肛門，但是在 BL 中稱爲「Yaoi 穴」、「謎穴」等。
顔（かお）（名詞）	詞意	臉
	例句	私は思わずおバカ男子がインテリ男子に攻められてオロオロしながらも、快感に顔をゆがませたりしたら最高に萌える！ 我不禁幻想這個傻男生被菁英男上，驚慌失措但因快感而一臉扭曲的樣子，眞是超級萌啊！
ちょっと（副詞）	詞意	稍微、一點點、一會兒
	例句	私の尻をちょっと見てくれ！ 看一下我的屁屁啦！
見る（み）（上一段動詞）	詞意	看見、看
	例句	彼を見るのもいやだ！ 我連看都不想看他！
遣る（や）（五段動詞）	詞意	做；做愛
	例句	無料の BL ゲームをやりたいです。 我想玩免費的 BL GAME。
空く（あ）（五段動詞）	詞意	空蕩、空下來、空
	例句	空いている部屋はありませんか？ 你有空房間嗎？

長句短句說出你的巨型妄想

文法表

用言第三變化＋な		
表示禁止	不准、不要	勃（た）っても恥（は）ずかしいと思（おも）うな。 勃起也不要不好意思。
終助詞 な	造句練習	你不要那麼激烈地突進。 ＿＿＿＿＿＿＿＿＿＿ ＿＿＿＿＿＿＿＿＿＿ 解答： お前（まえ）、そんな激（はげ）しく突（つ）っ込（こ）んでくるなよ。 不要用不好的眼光看待。 ＿＿＿＿＿＿＿＿＿＿ ＿＿＿＿＿＿＿＿＿＿ 解答： ヤバイ目（め）で見（み）んなよ。

剛強の腐魂

こんなに綺麗な男がいる世界なら、

konnani kireina otokoga iru sekainara、

ヤクザもそう悪くないかと思いました。

yakuzamo sou warukunaikato omoimashita。

立ってるだけですごく綺麗で、
光是站著就如此美麗，

こんなに綺麗な男がいる世界なら、
若世界上有這麼美麗之男子，

ヤクザもそう悪くないかと思いました。
我覺得黑道沒這麼糟糕了。

取自：ヨネダコウ《鳴鳥不飛》（囀る鳥は羽ばたかない）

腐女畫外音：

　　Man~別開玩笑了，光是站著能有多美麗？當然是要躺
　　著、掛著……才美啊！(誤)騎馬的姿勢，稱為きじょい
　　(kijiyoui)；把腳舉高，掛在對方肩上的姿勢稱くっきょい
　　(kukkiyokui)；雙方都坐著的姿勢，稱為ざい(zai)；站著
　　從後面來，稱為立ちバック(tachibakku)！世界上體位這麼
　　多，攻受哥哥光是站著，怎麼能滿足腐女呢！

單字表

臥著背硬著背每個詞彙都有腐味

凄く （すご） （副詞）	詞意	非常、極度
	例句	今夜（こんや）はすごく冷（ひ）える。 今天晚上非常冷。
世界 （せかい） （名詞）	詞意	世界
	例句	彼（かれ）と僕（ぼく）とは住（す）む世界（せかい）が違（ちが）う。 他和我生活在不同的世界。
ヤクザ （名詞）	詞意	黑道
	例句	ヤクザと聞（き）くと、どういったイメージを抱（だ）くだろうか？ 一聽到黑道，你會想到什麼？
綺麗 （き れい） （形容動詞）	詞意	美麗的
	例句	えすとえむさんの描（か）く肉体（にくたい）は綺麗（きれい）です。 作家 S&M 描繪的肉體很美。
悪い （わる） （形容詞）	詞意	討厭、厭惡
	例句	世界（せかい）が悪（わる）い。 世界很糟糕。
思う （おも） （五段動詞）	詞意	想起、認為、覺得
	例句	あなたのおっしゃるとおりだと思（おも）います。 我想你是對的。

長句短句說出你的巨型妄想

文法表

用言第三變化＋なら、B句

	表示假設條件	お酒を飲むなら、運転しないほうがいいですよ。 如果你要喝酒，最好不要開車。
なら	造句練習	你想做的話，打電話給我。 _____ _____ 解答： やりたいなら、電話してください。 如果你要去，我也要去。 _____ _____ 解答： あなたが行くなら、私も行きます。

剛強の腐魂

どうして俺は男なんだろう、

doushite orewa otokonan darou、

どうして恋をするんだろう。

doushite koiwo surun darou。

望んでも仕方のないことは考えないようにしてきた、
我一直盡量不去思考，再怎麼期望也不會實現的事，

人生はきっとどうにもならないことばかりだと、
認為人生就是無可奈何，

どこかで諦めて生きてきた。
早已放棄一切。

どうして俺は男なんだろう？
為什麼我是男人呢？

不毛だと知りながら、
明知不會有結果，

どうして恋をするんだろう？
為什麼還愛上他呢？

取自：ヨネダコウ《無法觸碰的愛》（どうしても触れたくない）

臥著背硬著背每個詞彙都有腐味

單 字 表

仕方(名詞)	詞意	辦法
	例句	かわいくて仕方がない。 可愛得不得了。
人生(名詞)	詞意	人生
	例句	腐女子人生を楽しむ。 享受腐女的人生。
不毛(名詞、形容動詞)	詞意	浪費、徒勞、沒有結果；貧瘠
	例句	不実を抱き不正を愛し不毛な恋で生きていく。 依據擁抱不實、愛上不倫，而不會有結果的戀情活下去。
望む(五段動詞)	詞意	想要、希望、渴望；期待；眺望
	例句	彼は君が後背位をすることを望んでいる。 他希望你做後背位※。
考える(下一段動詞)	詞意	想、思考、考慮
	例句	腐男子がＢＬの主人公になる可能性を考えてみる。 想想看腐男變成 BL 男主角的可能性。
諦める(下一段動詞)	詞意	放棄
	例句	どうしても君のこと諦められないんだ。友達だなんて贅沢は言わない。下僕や奴隷でいいから側に居させて？ 我無論如何都無法放棄你，別說是朋友了，即使是僕人或奴隸都可以，讓我待在你身邊好嗎？

※ こうはいい，後背位，指從後面來的體位。

長句短句說出你的巨型妄想

文法表

副助詞 ばかり		用言第三變化＋が、B句		
	表示程度	大約	五人ばかり公園で踊っています。 公園裡大約有五個人在跳舞。	
	表示限定	只、光	私はホモ漫画ばかり読みます。 我只看 BL 漫畫。	
	造句練習		每天光是這樣玩，是不會及格的喔。 —————————————————— —————————————————— 解答： 毎日そんなに遊んでばかりいると合格できませんよ。 我一直以為御崎是女生，結果竟是男生。 —————————————————— —————————————————— 解答： 御崎は女だとばかり思っていたのに、男だった。	

俺はな、お前が可愛くて仕方がない、

orewana、omaega kawaikute shikataga nai、

お前のひでぇ過去も ゲイなのも全部ひっくるめて、

omaeno hideekakomo geinanomo zenbu hikkurumete、

可愛くて仕方がない。

kawaikute shikataga nai。

外川：俺はな、お前が可愛くて 仕方がない、

我覺得你可愛到不行，

外川：お前のひでぇ過去も ゲイなのも全部ひっくるめて、

包括你那段悲慘的過去和同性戀的身分，

外川：可愛くて 仕方がない。

我都喜歡到無法自拔。

嶋 ：同情ですか……外川さんだって そういうの嫌だって……

是出自同情吧？外川先生肯定也討厭這種……

外川：仕方ねぇだろ！

又有什麼辦法！

外川：好きになっちまっ たんだよ！

我已經喜歡上你啦！

外川：愛情だって、同情だって。

管它是同情還是愛情。

外川：なんだって情は情だろ！

情就是情！

外川：俺はお前に 情が湧きまくりだよ。

我無法抑制自己對你的那份感情。

取自：ヨネダコウ《無法觸碰的愛》（どうしても触れたくない）

臥著背硬著背每個詞彙都有腐味

單 字 表

同 情 （名詞）	詞意	同情
	例句	同情するならカネをくれ。 同情我就給我錢。
過去 （名詞）	詞意	過去
	例句	過去は過去、今は今と割り切った方が、彼との関係も良好になるのではないでしょうか？ 過去是過去，現在是現在地切割，彼此的關係會變得比較好吧？
全部 （名詞）	詞意	全部
	例句	お前の穴という穴を全部俺で塞いでやるぜ。 你能稱爲穴的穴全部都被我塞滿了。
情 （名詞）	詞意	感情、情緒、心情
	例句	彼は情が激しくて絶句してしまった。 他情緒激動到說不出話。
可愛い （形容詞）	詞意	可愛的
	例句	可愛い声で俺の下で泣けよ。 用可愛的聲音在我身下哭。
湧く （五段動詞）	詞意	湧出、產生（興趣等）
	例句	彼の亀頭からガマン汁が湧いた。 他的龜頭湧出前列腺液※。

※ガマン汁，前列腺液，指男生忍住不射精時，生殖器前端分泌的透明濃稠液體。

長句短句說出你的巨型妄想

文法表

		用言第二變化＋て、B句
接續助詞 て	表示連續狀態 ～了～了	シャウーを浴びて、寝ました。 淋完浴，接著去睡覺。
	表示相對狀態 ～而～	英語は上手で、日本語は下手です。 英語很好，而日文不好。
	表示原因 因為～所以～	風邪をひいて、会社を休みました。 因為感冒了，所以向公司請假。
	表試方法、手段 以～做～	ラジオを聴いて、日本語を勉強しています。 聽收音機來學日語。
	造句練習	和他一起做的事情是我生活的一部分，吃飯、洗澡、做愛，接著睡覺等等。 ——————————————————————— ——————————————————————— 解答： こいつとやるのは生活の一部だ。メシ食って、フロ入って、やって寝るみたいな。

好きな子と初めて泊まるラブホテル、

sukinakoto hajimete tomaru rabuhoteru、

下っ腹がうずうずするくらいうれしいのに。

shitapparaga uzuuzusuru kurai ureshiinoni。

好きな子と初めて泊まるラブホテル、
這是我第一次和喜歡的人上賓館，

逸る心臓、ドキドキして息苦しくって、
我緊張到快不能呼吸了，

下っ腹がうずうずするくらいうれしいのに、
下腹有種蠢蠢欲動的感覺，

それでも100%期待できないのは、
但我的期待卻不到100%的程度，

前回、直前でナニがデカイから嫌と拒否されているから。
因為上次我在緊要關頭因為太大被踢下床。

取自：志水雪《是-ZE》

臥著背硬著背每個詞彙都有腐味
單字表

腹 （名詞）	詞意	肚子、腹部
	例句	十番隊組長っていうと原田左之助！自分でお腹を切っちゃうっていう豪快なエピソードがある人ですよね！ 第十組的組長原田左之助！是個擁有自己切腹的豪爽逸聞的人啊！
拒否 （名詞）	詞意	拒絕、否認、否決
	例句	僕の尻をなめる要求を拒否したら、許さないよ！ 如果你拒絕舔屁屁的要求，我絕不原諒你！
直前 （名詞）	詞意	～之際、～的關頭；～的正前方
	例句	彼は結婚式の直前に病気になった。 在舉辦婚禮之際，他生病了。
うずうず （副詞）	詞意	蠢蠢欲動、忍不住、不禁
	例句	子供は外へ遊びに行きたくてうずうずしていた。 小孩忍不住要跑出去玩。
息苦しい （形容詞）	詞意	難以呼吸的、喘不過氣的
	例句	彼は息苦しそうだった。 他好像喘不過氣了。
泊まる （五段動詞）	詞意	停留、留宿
	例句	今晩はあなたの家に泊まりたい。 今晚我想住在你家。

長句短句說出你的巨型妄想

文 法 表

		用言第三變化＋から、B句
表示原因	因為～	もう遅いから、早く帰りましょう。 已經很晚了，我們快點回家吧。
接續助詞 から	造句練習	因為這裡是圖書館，所以安靜地做（愛）吧！ 　　　　　　　　　　　　　　　　　　　　　　　 　　　　　　　　　　　　　　　　　　　　　　　 解答： ここは図書館ですから、静かにやってください！ 不管你喜不喜歡我，都不會改變對我來說，你是最重要的。 　　　　　　　　　　　　　　　　　　　　　　　 　　　　　　　　　　　　　　　　　　　　　　　 解答： お前が俺のこと好きでも好きじゃなくても、俺にとってお 前が大切なのは変わらないから。

剛強の腐魂

23

瞳を閉じたのは舌を絡めたのは、

mewo tojitanowa shitawo karametanowa、

はたしてどちらが先だったのか？

hatashite dochiraga sakidattanoka ？

まぁ、お前とキスすんのも、そう悪くは なかったし、

不過和你接吻的感覺不錯，

最後に一回やっとくか。

就做最後一次吧。

瞳を閉じたのは舌を絡めたのは、

先閉上眼睛，伸出舌頭的人，

はたしてどちらが先だったのか？

究竟是誰呢？

確かなことは淫らに動く、彼の舌の熱さだけだった。

唯一可以確定的，只有舌尖的熱度。

取自：志水雪《是 -ZE》

臥著背硬著背每個詞彙都有腐味

單字表

一回（名詞）いっかい	詞意	一次、一回
	例句	彼は一回で絶頂を迎えた。 他高潮一次了。
舌（名詞）した	詞意	舌頭
	例句	舌を出してください。 請伸出舌頭。
先（名詞）さき	詞意	前端；之前、事前；首先；未來
	例句	お先に失礼します。 不好意思，我先走了。
淫ら（形容動詞）みだ	詞意	淫亂的、淫蕩的
	例句	彼は彼に対して淫らなことをした。 他對他做了淫蕩的事。
閉じる（上一段動詞）と	詞意	關閉、閉上
	例句	目を閉じてあえぎ声を聴く。 閉上眼睛聽嬌喘聲。
絡める（下一段動詞）から	詞意	纏繞；綁住
	例句	舌の絡め方が上手だ。 擅長舌吻。

長句短句說出你的巨型妄想
文法表

疑問名詞＋か		
副助詞 か	表示不確定	是不是、有沒有	夕べ、どこかへ行きましたか？ 昨晚你是不是去了哪裡呢？
	造句練習	要不要當我的新娘呢？ ———————————— 解答： 俺の嫁にならないか？ 我的體內住著一隻野獸嗎？ ———————————— 解答： 僕の体内に獣がありますか？

剛強の腐魂

<ruby>自分<rt>じ ぶん</rt></ruby>の<ruby>命<rt>いのち</rt></ruby>よりも<ruby>何<rt>なに</rt></ruby>よりもあの<ruby>人<rt>ひと</rt></ruby>が<ruby>一番大事<rt>いちばんだい じ</rt></ruby>。

jibunno inochi yorimo nani yorimo anohitoga ichibandaiji。

そうか、この<ruby>気持<rt>き も</rt></ruby>ちが<ruby>愛<rt>あい</rt></ruby>なのか。

souka、kono kimochiga ainanoka。

氷見：お前が俺を庇って刺されるとは思ってもみなかった。

沒想到你會為了保護我，而被刺傷。

氷見：あんま無茶なことすんなよ。

你可別亂來啊！

玄間：それは私のセリフで――

那是我的台詞――

氷見：自分の命よりも何よりも、あの人が一番大事。

比自己的性命或其他事物都重要的人。

氷見：そうか、この気持ちが愛なのか。

原來如此，這份心情就是愛啊。

取自：志水雪《是 -ZE》

臥著背硬著背每個詞彙都有腐味

單字表

自分（じぶん） （代名詞）	詞意	自己
	例句	自分（じぶん）の快感（かいかん）のために、セックスしろ！ 爲了自己的快感，做愛吧！
セリフ （名詞）	詞意	台詞、話語
	例句	そんなセリフは聞（き）きたくもない。 我不想聽這些話。
無茶（むちゃ） （名詞、 形容動詞）	詞意	無理
	例句	君（きみ）は無茶（むちゃ）を言（い）っている。 你在胡說八道。
命（いのち） （名詞）	詞意	生命、壽命、命運
	例句	命（いのち）のある限（かぎ）りご恩（おん）は忘（わす）れません。 我到死都不會忘記你的恩惠。
刺さる（さ） （五段動詞）	詞意	刺、刺入
	例句	この台詞（セリフ）は本当（ほんとう）に胸（むね）に刺（さ）さるな。 這句台詞眞的是刺中我心。
庇う（かば） （五段動詞）	詞意	守護、保護
	例句	彼（かれ）を庇（かば）う者（もの）は一人（ひとり）もいなかった。 沒有半個人保護他。

長句短句說出你的巨型妄想

文法表

格助詞 より		用言第四變化 +より 名詞	
	表示比較基準	比起～	BL 愛は山より高く、海より深し。 BL 愛比山還高，比海還深。
	造句練習		比起體內射精，我更喜歡顏射。 _____ _____ 解答： 中出しより顔射のほうが好きだ。 比起瘦子，有肌肉或胖胖的人抱起來感覺比較好。 _____ _____ 解答： 痩せてる人よりガチムチやおでぶの方が抱き心地がいい。

剛強の腐魂

俺はあの男に拾ってもらった犬だから、

orewa ano otokoni hirotte moratta inudakara、

でも犬だからこそ恋をした。

demo inudakara koso koiwo shita。

あの男の爲なら死んだっていい、
如果是爲了那個男人，要我去死我也願意，

俺はあの男に拾ってもらった犬だから。
因爲我是被那個男人撿回來的狗。

でも犬だからこそ恋をした、
正因爲我是狗才會愛上他，

絶対にむくわれない恋をした。
才會陷入這種不可能得到回報的戀愛。

取自：志水雪《花鳥風月》

腐女畫外音：

　　「因爲我是~才會愛上~」真是一個百搭好句！因爲
　　我是被充電器充電(插)的手機，正因爲我是需要電力
　　的手機才會愛上充電器！看吧，愛情都是命定的！

臥著背硬著背每個詞彙都有腐味

單字表

為 （名詞） ため	詞意	原因、爲了
	例句	これは腐女子のための日本語の本です。 這是獻給腐女的日語書。
死 （名詞） し	詞意	死亡、死
	例句	ああ、また人が死んでいく。 啊，又有人要死啦。
犬 （名詞） いぬ	詞意	狗
	例句	俺は犬特有の忠実さがあって、絶対あなたのことを裏切らないです。 我擁有狗特有的忠誠度，絕對不會背叛你。
絶対 （名詞） ぜったい	詞意	絕對
	例句	これだけは絶対に手放せない！という殿堂入りBLを教えてください！ 請告訴我絕對不能錯過的BL（殿堂）！
拾う （五段動詞） ひろ	詞意	撿、拾、挑出
	例句	私は通りで男を拾った。 我在路上撿到一個男人。
むくわれる （下一段 動詞）	詞意	得到回報
	例句	彼の努力は十分にむくわれた。 他的努力獲得回報。

長句短句說出你的巨型妄想

文法表

用言第二變化＋てもらう
A は B に C を V2 てもらう A は B から C を V2 てもらう A 要 B 幫忙 A 做 C
註： A 是 B 的長輩。 B 是 A 的晚輩，或與 A 較親近的人。 V2 指用言第二變化。

| 授受動詞
てもらう | 造句練習 | 艾連想讓里維爲自己吃醋。

解答：
エレンはリヴァイに嫉妬^{しっと}してもらいたい。

用萌和音樂的力量自我療癒的 BL GAME 實況！

解答：
萌^もえと音楽^{おんがく}の力^{ちから}で癒^{いや}してもらう BL ゲームの実況^{じっきょう}！ |

剛強の腐魂

わきまえようとすればする程、

wakimaeyouto sureba surhodo、

いつもいつも不意打ちで、俺が弱ると優しくなる。

itsumo itsumo huiuchide、orega yowaruto yasashiku naru。

曜明さんは残酷だ、
曜明先生好殘忍，

好きになっちゃいけない人なのに、
明明是我不能喜歡上的人，

わきまえようとすればする程、いつもいつも不意打ちで、
我越想要和他劃清界線，

俺が弱ると優しくなる。
他就越是在我虛弱時溫柔地待我。

取自：志水雪《花鳥風月》

臥著背硬著背每個詞彙都有腐味

單字表

人 （名詞） <ruby>人<rt>ひと</rt></ruby>	詞意	人、人類
	例句	BL 好きな<ruby>人<rt>ひと</rt></ruby>いますか？ 有喜歡 BL 的人嗎？
程 （名詞） <ruby>程<rt>ほど</rt></ruby>	詞意	程度
	例句	<ruby>私<rt>わたし</rt></ruby>は<ruby>死<rt>し</rt></ruby>ぬほど<ruby>疲<rt>つか</rt></ruby>れている。 我累死了。
不意打ち （名詞） <ruby>不<rt>ふ</rt></ruby><ruby>意<rt>い</rt></ruby><ruby>打<rt>う</rt></ruby>ち	詞意	驚喜、突襲
	例句	<ruby>別<rt>わか</rt></ruby>れ<ruby>際<rt>ぎわ</rt></ruby>に<ruby>不<rt>ふ</rt></ruby><ruby>意<rt>い</rt></ruby><ruby>打<rt>う</rt></ruby>ちでキスをされてしまう！ 離別之際，來個驚喜的吻！
残酷 （名詞、 形容動詞） <ruby>残<rt>ざん</rt></ruby><ruby>酷<rt>こく</rt></ruby>	詞意	殘酷
	例句	<ruby>残<rt>ざん</rt></ruby><ruby>酷<rt>こく</rt></ruby>だけれども<ruby>美<rt>うつく</rt></ruby>しい<ruby>漫<rt>まん</rt></ruby><ruby>画<rt>が</rt></ruby>。 殘酷但淒美的漫畫。
優しい （形容詞） <ruby>優<rt>やさ</rt></ruby>しい	詞意	溫柔
	例句	<ruby>彼<rt>かれ</rt></ruby>は<ruby>僕<rt>ぼく</rt></ruby>に<ruby>優<rt>やさ</rt></ruby>しい<ruby>声<rt>こえ</rt></ruby>で<ruby>話<rt>はな</rt></ruby>す。 他用溫柔的聲音跟我說話。
弱る （五段動詞） <ruby>弱<rt>よわ</rt></ruby>る	詞意	虛弱、弱
	例句	<ruby>主<rt>しゅ</rt></ruby><ruby>人<rt>じん</rt></ruby><ruby>公<rt>こう</rt></ruby>が<ruby>弱<rt>よわ</rt></ruby>るのが<ruby>好<rt>す</rt></ruby>きです。 我喜歡弱弱的主角。

長句短句說出你的巨型妄想

文 法 表

なる			名詞＋に　　　　　　　　　　　　＋なる
			形容動詞、形容詞第二變化
	表示變化	變成～做～	あなたは下^{した}になるの嫌^{いや}なの？ 你討厭變成在下面嗎？
	造句練習		手塚和不二讓人聽了變害羞的 BL TALK ！ 解答： 手塚^{てづか}と不二^{ふじ}の聞^きいている方^{ほう}が恥^はずかしくなる二人^{ふたり}のBLトーク！ 為什麼男生不愛上男生呢？好奇怪啊！ 解答： どうして男^{おとこ}は男^{おとこ}を好^すきにならないのだろう？おかしい！

剛強の腐魂

そういや、

souiya、

矢野さんのおしり鷲掴みしちゃったこと、あったね！

yanosanno oshiri washidsukami shichiyakkoto、attane ！

小悪魔！でもそれって、お付き合いも含めた関係でも、イイってことですよね！

小惡魔！不過這是指他不排斥包括交往在內的關係吧！

つーかそう思う事にしちゃう！

他這樣說，我就會這樣想啊！

仕事中に何考えてんだ、オレ！

我在工作的時候瞎想些什麼呢！

そういや、矢野さんのおしり鷲掴みしちゃったこと、あったね！

話說回來，我曾經猛抓過矢野先生的屁股呢。

ああクソ、あの時のこと、いっぱいいっぱい過ぎて、感覚とか全然思い出せない。

啊啊～可惡，腦子裡淨是那時的衝擊感，完全想不起來觸感。

でも、矢野さんがあんなこと言うから、ってかだから、何考えてんだってオレ。

唉呀！我到底在想些什麼啊，都是因為矢野先生說了那樣的話。

取自：トウテムポール《東京心中》

臥著背硬著背每個詞彙都有腐味

單字表

悪魔（あくま） （名詞）	詞意	惡魔
	例句	この天使（てんし）の姿（すがた）をした悪魔（あくま）は鬼畜天使（きちくてんし）に出会（であ）った。 那個裝成天使的惡魔遇見了鬼畜天使。
関係（かんけい） （名詞）	詞意	關係
	例句	命（いのち）懸（が）けの 3 P 監禁愛（かんきんあい）！愛（あい）し合（あ）うたびに野獣化（やじゅう）する三角（さんかく）関係（かんけい）！ 賭上性命的 3P 監禁愛！一相愛就野獸化的三角關係！
仕事（しごと） （名詞）	詞意	工作、職業
	例句	仕事（しごと）で BL の原作（げんさく）コミックを読（よ）まなければならないんだけど、電車（でんしゃ）の中（なか）で読（よ）んでいいですか？ 我因為工作必須看 BL 原創漫畫，在電車上看好嗎？
過（す）ぎる （上一段 動詞）	詞意	通過、經過；越過；過度
	例句	脳内（のうない）腐（くさ）り過（す）ぎてヤバい！ 我太過腦內腐了，真糟糕！
含（ふく）める （下一段 動詞）	詞意	包含、包括
	例句	攻（せ）めと受（う）けを含（ふく）めて 300 人（にん）だ。 攻受總共有三百人。
付（つ）き合（あ）う （五段動詞）	詞意	交往、來往、相處；一起行動
	例句	彼（かれ）はいかがわしい男（おとこ）と付（つ）き合（あ）っているらしい。 他似乎在與一個可疑的男人交往。

長句短句說出你的巨型妄想

文 法 表

名詞＋にする		
表示意志	要～決定～	水川蓉一にしますか？矢代にしますか？ 你要水川蓉一呢？還是矢代？

名詞 　　　　＋にする 用言第二變化		
AはCをBにする		
表示改變	A把C變成B	僕は彼を幸せにする。 我讓他幸福。
造句練習		那個笨蛋將兩枝鉛筆當成筷子來吃飯。 ———————————————— ———————————————— 解答： あのバカは二本の鉛筆を箸にして、ご飯を食べる。 把他掰歪。 ———————————————— ———————————————— 解答： 彼をゲイにする。

～にする

剛強の腐魂

欲張_{よくば}るな、欲張_{よくば}るな、今_{いま}が最高_{さいこう}に幸_{しあわ}せだと思_{おも}うんだ、

yokubaruna、yokubaruna、imaga saikouni shiawasetato omounda、

ソレが難_{むずか}しいことだってのはわかっているけれど。

sorega muzukashiikoto dattenowa wakatteiru keredo。

こんな笑顔を向けてもらえるようになったこと、
看到他這麼開心的笑容，

その幸せを、俺は日々かみしめ思い出すのは。
這份幸福感，我可是每天都緊抓著。

目に直接映った「安藤」を想像するのは——
我現在想像的，只是我眼中看到的安藤……

欲張るな、欲張るな、
不可以產生慾望，不可以產生慾望。

今が最高に幸せだと思うんだ、ソレが難しいことだってのは、
わかっているけれど。
我知道現在就是最幸福的狀態，要跨到那一步是很困難的。

取自：富士山ひよった《屋上風景》

臥著背硬著背每個詞彙都有腐味

單字表

最高 （名詞） さいこう	詞意	最棒
	例句	野球選手のケッは最高かもしれん…… 說不定棒球選手的屁股是最棒的……
笑顔 （名詞） えがお	詞意	笑臉、笑顏
	例句	あくびをしながら机から顔を上げ、立ち上がった朝日に俺は思わず笑顔にさせた。 看著朝日邊打哈欠，邊從桌上抬起臉的樣子，我禁不住展露笑顏。
直接 （名詞） ちょくせつ	詞意	直接
	例句	紛争の直接の原因は何だったのか？ 造成紛爭的直接原因是什麼呢？
想像 （名詞） そうぞう	詞意	想像
	例句	そ……想像以上の恥ずかしさだ……俺のケッに潤の指が出たり入ったりしてる…… 這……比想像的害羞……濕潤的手指在我的屁屁進進出出……
幸せ （名詞、 形容動詞） しあわ	詞意	幸福
	例句	貴方に食べられる幸せ。 被你吃掉的幸福。
難しい （形容詞） むずか	詞意	困難
	例句	友達から恋人になんて……一度噛み合わなくなった歯車を元に戻すのは難しい、だから上手に利用するしかないんだ。 從朋友變成戀人就像……一旦齒輪無法咬合，機器就很難恢復原狀，所以只能好好使用。

長句短句說出你的巨型妄想

文法表

格助詞 に	表示動作與作用的到達點、歸著點	在〜上 在〜裡	あなたの背中に絵を書きました。 在你的背上畫畫。
	造句練習		在床上騎著我而感到興奮的你，好可愛啊。 ――――――――――――― 解答： ベッドで俺に乗っかられて興奮してるお前が可愛くなっちゃう。 請將你刻入我的身體裡面。 ――――――――――――― 解答： 俺の体中にあなたが刻み込まれてくれ。

29

きっと 沈_{しず}んで 行_いくみたいに、

kitto shizundeiku mitaini、

亮_{りょう}は亮_{りょう}で なくなってしまう。

riyouwa riyoude nakunatte shimau。

俺はこんな性格だし、
畢竟我的性格就是這樣，

譬え誰より近い生き物でも、
就算有比任何人靠近的動物，

亮司を抱きたいと思ってるよ。
我還是只想要抱亮司。

だけど、亮司には耐えられないだろう？
不過亮司應該無法忍受吧？

きっと沈んでいくみたいに、
他一定會下沉似的，

亮は亮で なくなってしまう。
漸漸不再是「亮」。

俺が好きなのは、あの亮司……だから、
我喜歡的就是這樣的亮司……所以，

結局俺は一生 亮司を抱く事はできないんだ。
到頭來，我這一輩子還是無法抱亮司。

取自：草間さかえ《肉食動物的餐桌禮儀》（肉食獣のテーブルマナー）

臥著背硬著背每個詞彙都有腐味
單字表

性格（せいかく） （名詞）	詞意	個性、性格
	例句	リヴァイは暗い性格の持ち主だ。 里維的性格陰沉。
生き物（い もの） （名詞）	詞意	生物
	例句	腐界に種々様々な生き物があります。 腐界裡面有各式各樣的生物。
結局（けっきょく） （名詞）	詞意	結果、最終
	例句	いろいろ努力したが結局駄目だった。 我做了這麼多努力最後還是不行。
近い（ちか） （形容詞）	詞意	近的、接近的
	例句	彼の愛は狂気に近い。 他的愛接近瘋狂。
耐える（た） （下一段動詞）	詞意	忍受、忍耐、承受
	例句	もうこれ以上この苦痛には耐えられない。 我不能再承受更多的痛苦。
沈む（しず） （五段動詞）	詞意	沉沒、下沉
	例句	ボートは見る見るうちに沈んだった。ゾロはサンジを抱いて、岸に泳ぎ着く。 船一轉眼就下沉了。索隆抱著香吉士，游到岸上。

長句短句說出你的巨型妄想
文法表

句子＋けれども／けど／けども		
けれども	希望與事實相反　的事能夠實現	この攻めはもうすこし背が高いといいのだけど。 那個攻要是再高一點就好了。
	表示輕蔑、　輕忽的態度	どうせろくなことはないけれども。 反正不會有好事。
	表示委婉　的語氣	もうそろそろ時間だけれども…… 時候不早了……
	表示轉折語氣	彼はたくさん食べましたけれども、全然太りません。 他雖然吃很多，但是都吃不胖。
	造句練習	雖然我不太清楚男人之間的喜歡，但是喜歡你、和你在一起很開心，我想要和你維持良好的關係。 ——————————————————— ——————————————————— 解答： オレは男同士の好きとかよくわかんねーけど、あなたが好きだし、一緒にいて楽しいしだから、あなたとの良好な関係を続けていきたいと願っている。

※ 三者意思相同，但「けど」和「けども」是比較口語的用法。

30

<ruby>鳥<rt>とり</rt></ruby>カゴに<ruby>閉<rt>と</rt></ruby>じこめて、

torikagoni tojikomete、

<ruby>愛<rt>あい</rt></ruby>してくれなくていい。

aishite kurenakute ii。

もし鳥になれたら、
如果可以化身成小鳥，

もう傷だらけになる事もないのに、
就不會弄得全身是傷，

誰かに気兼ねする事もないのに、
不必顧慮他人，

鳥ヵゴに閉じこめて、
即使得被關在籠子裡，

愛してくれなくていい。
即使不被愛也好。

傍にいることが許されるなら、
即使只能靜靜陪伴，

きっとそれだけで幸せだから。
一定也能感到幸福吧。

取自：ホームラン・拳《成為你的愛》（僕は君の鳥になりたい）

臥著背硬著背每個詞彙都有腐味
單字表

傍（名詞） そば	詞意	旁邊、身邊
	例句	僕はただ君の傍に居たい。 我只想在你身邊。
傷（名詞） きず	詞意	傷痕、傷口、傷
	例句	背中の傷は剣士の恥だ。 背上的傷是劍士的恥辱。
きっと（副詞）	詞意	一定
	例句	あの子はきっと寂しいんでしょうね。 那孩子一定很寂寞。
許す（五段動詞） ゆる	詞意	容許、允許、許可、原諒
	例句	彼の罪は許された。 他的罪被原諒了。
気兼ねする（サ行動詞） き が	詞意	顧慮、在意
	例句	気兼ね無くホモが描けたいよ！ 我想要毫無顧慮地畫 BL！
閉じる（上一段動詞） と	詞意	關閉、封閉、閉上
	例句	この閉じた空間に鼻の中に彼の汗の味と香りが広がっている。 在這個密閉空間裡，鼻中散開彼此的汗味與香氣。

長句短句說出你的巨型妄想

文 法 表

用言第二變化＋たら、B句	
後句亦成立 若前句成立 表示假設條件	射精<ruby>しゃせい</ruby>させたら、10億円<ruby>じゅうおくえん</ruby>！ 讓我射出來就有十億！
後句立刻成立 前句成立的同時	体中<ruby>からだじゅう</ruby>に込<ruby>こ</ruby>みたら、彼<ruby>かれ</ruby>が喘<ruby>あえ</ruby>ぎ声<ruby>ごえ</ruby>を出<ruby>だ</ruby>した。 一進入體內，他就發出喘息。
造句練習	你準備好的話，我就要進去囉。 解答： あなたの準備<ruby>じゅんび</ruby>ができたら込<ruby>こ</ruby>むよ。 我總是想，如果我有更多錢就好了。 解答： もっと金<ruby>かね</ruby>があったらといつも思<ruby>おも</ruby>っていた。

たら

不<ruby>確<rt>たし</rt></ruby>かな<ruby>事<rt>こと</rt></ruby>を<ruby>言<rt>い</rt></ruby>い<ruby>切<rt>き</rt></ruby>るのって、

hutashikana kotowo iikirunotte、

<ruby>逆<rt>ぎゃく</rt></ruby>に <ruby>誠実<rt>せいじつ</rt></ruby>じゃない<ruby>気<rt>き</rt></ruby>がするから。

giyakuni seijitsujiyanai kiga surukara。

俺ね、ずっととか、絶対とか、そういう不確かな事を言い切るのって、

我總認為「一直」「絶對」這種果斷的說話方式，

逆に誠実じゃない気がするから。

反而最不真實。

もし松永がそういう言葉が欲しいんなら、

所以就算松永先生非常想聽，

本当申し訳ないんだけど。

很抱歉，我還是說不出口。

でも、どの位かつ自分で予想つかない位、

但是我會盡己所能來重視松永先生，

当分の間は、

雖然我也不清楚自己能做到什麼程度，

松永のこと大事に出来ると思う、

但我想我可以做到，

いや、出来る。

不，我一定可以。

取自：古街キッカ《若與櫻花相遇》（さくらにあいたら）

臥著背硬著背每個詞彙都有腐味

單 字 表

申し訳 （名詞）	詞意	辯解、藉口
	例句	申し訳ありません！オレは男として最低です。酔った勢いとはいえ尊敬する水嶋さんを抱いてしまうなんて！ 我沒有藉口！身為男人，我真是爛透了。我竟然趁著醉意抱我尊敬的水嶋先生！
誠実 （名詞、 形容動詞）	詞意	誠實
	例句	彼は誠実な男だ。 他是誠實的男人。
逆 （名詞、 形容動詞）	詞意	相反、反面
	例句	あからさまな描写じゃないからこそ逆に萌える「BL アニメ」をご紹介しましょう。 向大家介紹不用露骨的描寫，反而很萌的「BL 動畫」。
不確か （形容動詞）	詞意	不確定、不確實
	例句	不確かな英語で昼食を注文した。 用不確定的英文點餐。
ずっと （副詞）	詞意	一定、一直
	例句	大丈夫、もう心配いらないよ。ずっとそばにいてあげるから、永遠に離さないから。 沒問題，別再擔心了。因為我一定會在你身邊，永遠不離開。
言い切る （五段動詞）	詞意	斷言
	例句	彼は確かにエイリアンゲィを見たと言い切った。 他斷言，他真的有看見外星人同志。

長句短句說出你的巨型妄想
文法表

用言第三變化 +とか 名詞		
表現舉例		やおいとか、BL とか、ホモとか、とにかく男×男が好きな女性の心理や理由を教えてください。 請告訴我喜歡 Yaoi 啦、BL 啦、同性戀啦，這些男男配對的女生，她們的心態和理由。
並立助詞 とか	造句練習	看電視啦、睡午覺啦，就度過了一天。 ___ ___ 解答： テレビを見るとか昼寝をするとかで、一日中ぶらぶら過ごしてしまった。 若你想轉換心情，可以去公園走走、開車兜風之類的。 ___ ___ 解答： 気分転換なら公園に行くとか、ドライブに行くとかいくらでも方法はある。

剛強の腐魂

★32★

やべ……前途あるワカモノを……

yabe……zentoaru hukamonowo……

別に そんな気にしねーでも……

betsuni sonna kini shine — demo……

塚本：やべ……前途あるワカモノを……別に そんな気にしねーで
も……

啊……我把有前途的年輕人給……我本來沒有這個意思的說。

宏哉：するよ。

你有喔。

塚本：お前もちった気にしろ。初めて男とやったんだぜ。

你也在意一下吧，你可是第一次跟男人發生關係喔。

宏哉：つたって、たかがセックスだろ？

不就是 SEX 嗎？

塚本：「たかがセックス」つっても、

雖然你說「不就是 SEX 嗎」，

塚本：恋愛知って言ってんのと、知らねーのとじゃ全然違うんだか
らな。

但是這完全不代表你懂戀愛喔。

塚本：いっぱしの口を利くんじゃねーよ。

戀愛可不是用嘴巴說說就好。

塚本：カラダばっかのガキきだつつてんの。

你是只會用身體的小鬼。

取自：富士山豹太《戀愛不是夢也不是花》（ 恋は夢でも花でもなく）

臥著背硬著背每個詞彙都有腐味

單字表

	詞意	前途、未來
前途（ぜんと） （名詞）	例句	新婚夫婦の坂田銀時と土方十四郎の前途を祝して乾杯しよう。 讓我們爲新婚夫婦坂田銀時與土方十四郎的未來，乾一杯吧！
恋愛（れんあい） （名詞）	詞意	戀愛
	例句	BL は理想の恋愛だ。 BL 是理想的戀愛。
セックス （名詞）	詞意	SEX、性、性愛
	例句	キスもセックスも君（きみ）としたい。 親親和愛愛都想跟你做。
別（べつ） （名詞、 形容動詞）	詞意	其他；特別；區別、分別
	例句	男女（だんじょ）の別（べつ）なく採用（さいよう）する。 無男女之別地採用。
初める（はじめる） （下一段 動詞）	詞意	初始；（事物的）開始
	例句	他人（たにん）の体（からだ）がこんなに熱（あつ）いなんて、お前に出逢（であ）って初（はじ）めて知った。 與你相遇我才（第一次）知道原來人的體溫是如此溫暖。
利く（きく） （五段動詞）	詞意	使生效、發揮自身功能、使可能
	例句	彼（かれ）は機転（きてん）の利（き）く脳（のう）みそと割（わ）れた腹筋（ふっきん）とボブゲ界屈指（かいくっし）の名器（めい）があって、上品（じょうひん）だ。 他擁有好使的腦袋、巧克力腹肌、BL 界首屈一指的名器，是上品啊。

長句短句說出你的巨型妄想

文 法 表

		語尾是う、つ、る的五段動詞第二變化，加上た、て，語尾須變成「っ」
促音便	う	歌う→歌っている　唱著歌 　　　歌った　　　　唱了
	つ	待つ→待っている　等待著 　　　待った　　　　等了
	る	やる→やっている　正在做 　　　やった　　　　做了
	造句練習	男人就該給我安靜吃美乃滋！ ＿＿＿＿＿＿＿＿＿＿＿＿＿＿＿＿ ＿＿＿＿＿＿＿＿＿＿＿＿＿＿＿＿ 解答： 男はだまってマヨネーズ！ 這顆炸彈把一切都歸於零吧！ ＿＿＿＿＿＿＿＿＿＿＿＿＿＿＿＿ ＿＿＿＿＿＿＿＿＿＿＿＿＿＿＿＿ 解答： この爆弾をもって全てを無に帰してやる！

たぶんきっとエッチの経験(けいけん)なんかないくせに、

tabun kitto ecchino keikennanka naikuseni、

慣(な)れたふりして、ぼくを誘(さそ)った可愛(かわい)いヤツ。

nareta hurishite、bokuwo sasotta kawaiiyatsu。

たぶんきっとエッチの経験（けいけん）なんかないくせに、
明明沒有性經驗，

慣（な）れたふりして、ぼくを誘（さそ）った可愛（かわい）いヤツ。
卻裝得一副在行的樣子誘惑我的小可愛。

あんまり可愛（かわい）かったので、
因為他太可愛，

ちょっと照（て）れくさくて、
害我有點不好意思，

次（つぎ）の日（ひ）、知（し）らん顔（かお）してみたら。
隔天只好裝做什麼事也沒發生。

ぼくのことが好（す）きなのだと、
但他卻纏著我說喜歡我，

彼女（かのじょ）とかけもちでも構（かま）わないから、と捨（す）て身（み）ですがりつかれた。
還說就算我腳踏兩條船也無所謂。

取自：绀野けぃ子《可愛的人》（可愛い人）

臥著背硬著背每個詞彙都有腐味

單字表

経験 けいけん （名詞）	詞意	經驗
	例句	恋愛に疲れた先生 V．S 経験豊富な少年。 戀愛疲乏的老師 V．S 經驗豐富的少男
ふり （名詞）	詞意	樣子
	例句	家に帰ると旦那が必ず死んだふりをしています。異性愛はダメです。 回到家老公一定裝死。異性戀是行不通的。
たぶん （副詞）	詞意	可能、大概；大部分、許多
	例句	彼はたぶん日にちを忘れたんでしょう。 他大概忘記今天的約會了。
照れる て （下一段 動詞）	詞意	害羞、尷尬
	例句	先生の前で彼はちょっと照れた。 他在老師面前有點害羞。
慣れる な （下一段 動詞）	詞意	習慣；熟練
	例句	寒い天候に慣れなくては。 我已習慣寒冷的天氣。
誘う さそ （五段動詞）	詞意	誘惑、誘引；邀請；勸誘
	例句	あなたは誰に誘われるのか？ 你被誰誘惑啊？

長句短句說出你的巨型妄想
文 法 表

		名詞＋の 　　　　　　＋くせに 用言第四變化
接續助詞 くせに	表示逆接 / 明明〜卻〜	給料をたくさんもらったくせに、全然仕事をしません。 明明領了很多薪水，卻完全不做事。
	造句練習	明明是個笨蛋，卻思考困難的事。 ＿＿＿＿＿＿＿＿＿＿＿＿＿＿＿＿＿＿ ＿＿＿＿＿＿＿＿＿＿＿＿＿＿＿＿＿＿ 解答： バカのくせに難しい事考えてんじゃねーよ。 明明是個小孩，卻什麼都知道。 ＿＿＿＿＿＿＿＿＿＿＿＿＿＿＿＿＿＿ ＿＿＿＿＿＿＿＿＿＿＿＿＿＿＿＿＿＿ 解答： 子供のくせにいろいろのことを知っている。

剛強の腐魂

なんで そのうちのひとりだけを、どうしようもなく、

nande sono uchino hitoridakewo、doushiyoumo naku、

好きになったりするのか？

sukini nattari surunoka ？

篠田さんは どうして俺を選んでくれたのかな？
筱田為什麼會選擇我呢？

人なんて大ざっぱに分類すれば、
人雖然有很多種，

みんな似たりよったりなのに。
但大家其實都很像。

なんでそのうちのひとりだけを、
為什麼在這麼多人之中，

どうしようもなく、好きになったりするのか？
只喜歡上一個人呢？

取自：紺野けい子《可愛的人》（可愛い人）

臥著背硬著背每個詞彙都有腐味
單字表

分類 （名詞）	詞意	分類、種類
	例句	ゴムは大きさによって分類された。 保險套以大小分類。
うち （名詞）	詞意	裡面、當中、以內；～うちに，趁著～的時候
	例句	人は知らないうちに借りパクという罪を犯している。 人常在不知不覺中把別人的東西占爲己有
みんな （名詞）	詞意	大家、各位
	例句	ホモパーテーって初めていくと意外とみんな明るくてビックリする。 第一次參加男男派對，沒想到大家都很開朗嚇了我一跳。
大ざっぱ （形容動詞）	詞意	大約
	例句	大ざっぱな計算で約 100 ドルかかる。 粗略計算大約花費一百美元。
似る （上一段 動詞）	詞意	相似
	例句	この写真の男は大学時代のホモ達の一人に似ている。 這照片裡的男人好像我大學時代的一位好基友。
選ぶ （五段動詞）	詞意	選擇、挑選；偏愛
	例句	欲しいBL本を選びなさい。 挑選你喜歡的 BL 本吧。

長句短句說出你的巨型妄想

文 法 表

<table>
<tr>
<td rowspan="4">ン音便</td>
<td colspan="2">語尾是む、ぬ、ぶ的五段動詞第二變化，加上た、て，語尾須變成「ん」</td>
</tr>
<tr>
<td>む</td>
<td>飲む→飲んでください　　　請喝
　　　飲んだ　　　　　　　喝了</td>
</tr>
<tr>
<td>ぬ</td>
<td>死ぬ→死んでいる　　　　　死去
　　　死んだ　　　　　　　已死</td>
</tr>
<tr>
<td>ぶ</td>
<td>遊ぶ→遊んでいる　　　　　玩著
　　　遊んだ　　　　　　　玩過了</td>
</tr>
<tr>
<td></td>
<td rowspan="2">造句練習</td>
<td>我想看你厭惡的表情。

＿＿＿＿＿＿＿＿＿＿＿＿＿＿＿＿＿

解答：
あんたの嫌がる顔が見たいんです。</td>
</tr>
<tr>
<td></td>
<td>其實我啊，是 M。

＿＿＿＿＿＿＿＿＿＿＿＿＿＿＿＿＿

解答：
実は俺、M なんです。</td>
</tr>
</table>

また好きだって言おう そう思ってたけど！

mata sukidatte iou sou omotte takedo ！

実際はなかなか 勇気が出なさそうだ？

jissaiwa nakanaka yuukiga denasasouda ？

池內：つまり篠田さんは オレのこと 信じてないわけだ？

筱田，你不相信我吧？

池內：……なら！いっそ別れちゃおうよ。

……好吧！我們分手吧。

池內：オレ、彼女つくるからさ！

我真的去找那個女生！

池內：悪いけど、そう不自由してるわけでもねんだよ？バイバイ！

這樣你不也可以另尋新歡嗎？掰掰！

筱田：いつか池內にふられたら。

沒想到池內竟丟下我。

筱田：時間を置いて、また好きだって言おう。そう思ってたけど！

我都還沒對他說我好喜歡他，他就跑掉了！

筱田：実際はなかなか勇気が出なさそうだ？

為什麼我剛剛不鼓起勇氣說出來呢？

取自：紺野けぃ子《可愛的人》（可愛い人）

臥著背硬著背每個詞彙都有腐味
單字表

勇気（ゆうき） （名詞）	詞意	勇氣
	例句	ゲイバーに入るには微妙に勇気がいる。 走入同志酒吧需要微妙的勇氣。
不自由（ふじゆう） （名詞）	詞意	不自由
	例句	本当の不自由ってのはね、自分で肛門に檻を張っちまうことさ。 眞正的不自由是自己封閉肛門（爲肛門築上柵欄）。
実際（じっさい） （名詞）	詞意	實際、事實
	例句	バイブを実際に応用しろ。 實際運用按摩棒吧。
信じる（しん） （上一段 動詞）	詞意	相信
	例句	信じてください！ 請相信我！
別れる（わか） （下一段 動詞）	詞意	分開、離別
	例句	別れの挨拶は簡潔に。 悼念致詞要簡潔。
ふられる （下一段 動詞）	詞意	分手、甩
	例句	ふられたくない！ 我不想分手！

長句短句說出你的巨型妄想
文 法 表

		用言第三變化＋を、B句
格助詞 を	表示他動詞作用的對象	マヨを笑（わご）う奴（やつ）は、マヨに泣（な）くんだよォ！ 嘲笑美乃滋的人，一定會爲美乃滋哭泣的！
	造句練習	我發誓一生都愛 BL 漫畫。 ＿＿＿＿＿＿＿＿＿＿＿＿＿＿＿＿ ＿＿＿＿＿＿＿＿＿＿＿＿＿＿＿＿ 解答： 一生（いっしょう）BL 漫画（まんが）を愛（あい）する事（こと）を誓（ちか）います。 你阻止得了黑色野獸的呻吟聲嗎？ ＿＿＿＿＿＿＿＿＿＿＿＿＿＿＿＿ ＿＿＿＿＿＿＿＿＿＿＿＿＿＿＿＿ 解答： お前（まえ）は黒（くろ）い獣（けもの）の呻（うめ）き声（ごえ）を止（と）められるか？

剛強の腐魂

★ 36

ないですよ。

naidesuyo。

だって俺この時、勃ってましたから。

datte ore konotoki、tatte mashitakara。

淺水：要するに、その時、恋に堕ちたんですよね。

簡單來說，就是我那時墜入情網了。

南條：ただ寄りかかっただけでか？何か思い違いってことはないのか？

只是因為我靠近你而已吧？你會不會搞錯啦？

淺水：ないですよ。だって俺この時、勃ってましたから。

不會。因為那時候的我居然……勃起了。

取自：藏王大志《是，我的主人》（主のおおせのままに）

腐女畫外音：

果然身體是誠實的，尤其是男性的肉體(菸)。要勃起很容易，高潮就得看技巧了！而日文的高潮稱爲アクメ(akume)，或是オーガズム（o-gazumu）、クライマックス（kuraimakkusu）。一般實戰的時候，都會直接喊行く（iku）或来る（kuru）。

臥著背硬著背每個詞彙都有腐味

單字表

恋（こい） （名詞）	詞意	戀愛、愛情
	例句	彼（かれ）は恋（こい）に悩（なや）んでいる。 他為愛所苦。
時（とき） （名詞）	詞意	時候、時刻、時間
	例句	時（とき）は金（かね）なり。 時間就是金錢。
違（ちが）う （五段動詞）	詞意	想錯、搞錯、誤會
	例句	この男（おとこ）はよその男（おとこ）たちとどこか違（ちが）っている。 那個男人跟其他的男人不太一樣。
寄（よ）りかかる （五段動詞）	詞意	依靠、依偎、靠著
	例句	後（うし）ろにある壁（かべ）に寄（よ）りかかって、俺（おれ）は目（め）を閉（と）じた。 我靠著牆壁，閉上眼睛。
堕（お）ちる （上一段 動詞）	詞意	墮入、落入
	例句	俺（おれ）をおとしてみなよ、堕（お）ちないから。 你試著攻陷我吧，反正我是不會陷下去的。
要（よう）するに （副詞）	詞意	總而言之
	例句	腐女子（ふじょし）とは、要（よう）するに BL が大好（だいす）きで、男性（だんせい）の同性愛（どうせいあい）を見（み）たい女（おんな）の子（こ）です。 總而言之，腐女就是最喜歡 BL 的女生，喜歡觀賞男生的同性愛。

長句短句說出你的巨型妄想

文 法 表

名詞＋だけ			
表示限定	只有	眞実の愛は１つだけです。 眞愛只有一個。	
副助詞 だけ	造句練習	不只手指，請用醫生的海綿體疏通我屁屁的括約肌。 解答： 指だけじゃなく、先生の海綿体でお尻の括約筋をほぐしてください。 我要只爲了愛活下去。 解答： 愛だけで生きてみせよう。	

「こっちも……触っていいですか？」

「kocchimo……sawatte iidesuka ？」

「だから……いちいち聞かなくていいって！」

「dakara……ichi ichi kikanakute iitte ！」

森永：こっちも……触っていいですか？

這裡……可以讓我摸嗎？

宗一：だから……いちいち聞かなくていいって！

我說啊……這種事情不用一一跟我確認！

森永：先輩が聞けって言ったんですってば。

是學長說要問清楚的啊。

森永：ケースバイケースという言葉を知らんのかお前はっ。

有一句話叫 CASE BY CASE，你沒聽過嗎？

宗一：や、やな時は嫌だって言うから。

要是真的不行我自己會跟你說。

宗一：それ以外は……もうお前の好き勝手にすればいいから。

除此之外，你要做什麼都行。

森永：先輩そんな……不用意なこと言っちゃダメですって……

學長，我勸你不要隨便說出這種話……

森永：歯止めがきかなくなる……

這樣會害我沒辦法控制自己……

取自：高永ひなこ《戀愛暴君》（恋する暴君）

臥著背硬著背每個詞彙都有腐味

單字表

時 （名詞）	詞意	時候、時刻
	例句	そして、その時は訪れる。 然後，時候到了。
不用意 （名詞、 形容動詞）	詞意	不在意、不注意、隨便、任意
	例句	不用意のために失敗した。 我因爲不小心而失敗。
勝手 （名詞、 形容動詞）	詞意	隨便、自便
	例句	そこで勝手に死んでろ。 你就在那裡自生自滅吧。
嫌 （形容動詞）	詞意	討厭
	例句	幾つになっても歯医者は嫌だ。 不管長到幾歲牙醫都很令人討厭。
触る （五段動詞）	詞意	觸摸、觸碰
	例句	あなたはね、おしりを触られると擬似妊娠しちゃうほど敏感なんだって知ってた？ 你知道你的屁股被摸會很敏感嗎？就像懷孕一樣。
聞く （五段動詞）	詞意	聽、聆聽
	例句	人の話をちゃんと聞くこと。 要仔細聽別人說話。

長句短句說出你的巨型妄想

文法表

	動詞用言第二變化＋ては／ちゃ／じゃ、B句 形容詞第二變化＋では、B句 名詞＋では、B句		
表示「已知順態假定條件」	如果〜的話，就〜	ては	このことを知られては、危ないです。 這件事被發現的話，會很危險。
		ちゃ※	甥っ子を抱いちゃ駄目ですか？ 我不能抱自己的外甥子嗎？
		じゃ※	刀じゃ斬れない欲情がある。 有些情慾是刀子斬不斷的。

接續助詞 ては ちゃ じゃ

造句練習

人生還是變成大叔之後部分的比較長！好可怕！

_____

_____

解答：
人生ってオッさんになってからの方が長いじゃねーか！
恐っ！

無論是什麼事，既然做了就不能輸。

_____

_____

解答：
何であれ、やるからには負けちゃ駄目です。

剛強の腐魂

※ ちゃ是ては的縮約形，意思一樣；此外，では也等於じゃ。

※ 五段動詞的ン音便接ちゃ，要變成じゃ。

「芝居に没頭しすぎて、本気になる……いつもこのパターンか？」

「shibaini bottoushi sugite、honkini naru……itsumo kono pata―nka？」

血を流したのはカルメンじゃない、ホセだ。

chiwo nagashitanowa karumenjiyanai、hoseda。

卡門：芝居に没頭しすぎて、本気になる……いつもこのパターンか？

演得太投入，於是假戲真做……你總是如此嗎？

荷西：どうしたいいか、わからない……

我不知道該怎麼辦……

卡門：簡単だろう。芝居を続けるか、我に返って、部屋から出て行くかだ。

很簡單，繼續演下去，或是恢復理智，離開這裡。

心臓から真っ赤な血が流れる。血を流したのはカルメンじゃない、ホセだ。

心臟流出了鮮紅的血，流血人並非卡門，而是荷西。

取自：えすとえむ《相約謝幕後》（ショーが跳ねたら逢いましょう）

臥著背硬著背每個詞彙都有腐味

單字表

芝居（しばい） （名詞）	詞意	戲、戲劇、演戲
	例句	紙芝居（かみしばい）と夢芝居（ゆめしばい）はこれでオシマイ。 繪畫劇與夢境就此結束。
部屋（へや） （名詞）	詞意	房間、房屋、住所
	例句	絨毯（じゅうたん）から血（ち）の痕跡（こんせき）を消すのは容易（ようい）じゃないけど、掃除（そうじ）すれば良（よ）い部屋（へや）になりそうだね。 雖然絨毛地毯的血跡很難消除，但若能清乾淨，這會是個很棒的房間呢。
本気（ほんき） （名詞、 形容動詞）	詞意	認眞
	例句	冗談（じょうだん）で言（い）ったまでだ、本気（ほんき）にするな。 我只是開玩笑，不要這麼認眞。
簡単（かんたん） （名詞、 形容動詞）	詞意	簡單、簡短
	例句	簡単（かんたん）な食事（しょくじ）を取（と）る。 吃簡單的一餐。
没頭する（ぼっとう） （サ行動詞）	詞意	投入、埋首
	例句	彼（かれ）は恋（こい）に没頭（ぼっとう）している。 他全心投入戀愛。
流れる（なが） （下一段 動詞）	詞意	流動、流轉；像水流一樣地運行、移動
	例句	人生（じんせい）はベルトコンベアのように流（なが）れる。 人生就像輸送帶一樣地運行。

長句短句說出你的巨型妄想

文 法 表

疑問句常體＋か		
副助詞 か	表示「不確定的內容」	君_{きみ}が何_{なに}を言<sub>い</sub っているか知_しりません。 我不知道你在說什麼。
	造句練習	我知道你在想什麼。 解答： あなたは何_{なに}を思_{おも}うか分_わかります。 請告訴我你想做什麼。 解答： あなたは何_{なに}がしたいか教_{おし}えてください。

39

手を外しなさい、声も私のものだ。

tewo hazushinasai、koemo wotashino monoda。

全部、私だけのものだ。

zenbu、watashidakeno monoda。

山代：んぅ……っ

嗯……

実村：誰もいないよ、上まで我慢できないと言ったのは君なのに。

這裡沒有半個人喔，明明是你說無法忍到上樓。

実村：手を外しなさい、声も私のものだ。

把你的手拿開，你的聲音也是我的。

実村：全部、私だけのものだ。

全部，都是只屬於我的。

取自：蓮川愛《戀愛操作》（恋愛操作）

臥著背硬著背每個詞彙都有腐味

單字表

誰 （名詞） だれ	詞意	誰
	例句	誰を探しているのですか？ 你在找誰呢？
上 （名詞） うえ	詞意	上面
	例句	天は人の上に人をつくらず髷をつくりました。 上天於人之上並不是創造了人，而是創造了髮髻。
手 （名詞） て	詞意	手
	例句	恥ずかしがらずに手を挙げて言え。 不要害羞，舉起手發言吧！
声 （名詞） こえ	詞意	聲音、嗓音
	例句	「喘ぎ声」の特訓を受ける。 接受喘息聲特訓。
全部 （名詞） ぜんぶ	詞意	全部
	例句	私は全部腐ってしまった。 我全部爛掉了。
外す （五段動詞） はず	詞意	放開、脫掉、移除
	例句	普段眼鏡かけてる奴が眼鏡を外すと、なんかもの足りないパーツが一個足りない気がする。 平常有戴眼鏡的人，一旦摘下眼鏡就好像少了什麼，好像身上少了一個零件。

長句短句說出你的巨型妄想

文法表

名詞＋まで		
表示範圍	到～	コスプレするなら心まで飾れ。 要 cosplay 的話，就要連心也一起。

| 副助詞
まで | 造句練習 | 飼主要負全責將寵物照顧到最後。

＿＿＿＿＿＿＿＿＿＿＿＿＿＿＿＿＿＿＿＿＿＿＿＿＿

＿＿＿＿＿＿＿＿＿＿＿＿＿＿＿＿＿＿＿＿＿＿＿＿＿

解答：
ペットは飼い主が責任をもって最後まで面倒をみましょう。

聯誼在開始前是最有趣的。

＿＿＿＿＿＿＿＿＿＿＿＿＿＿＿＿＿＿＿＿＿＿＿＿＿

＿＿＿＿＿＿＿＿＿＿＿＿＿＿＿＿＿＿＿＿＿＿＿＿＿

解答：
合コンは始まるまでが一番楽しい。 |

剛強の腐魂

クールで、綺麗で、才能溢れた男で、

ku-rude、kireide、sainouahureta otokode、

かと思えば、とんでもなく子供で。

kato omoeba、tondemo naku kodomode。

本当に、君は屈折しすぎだ。判りづらいにも程がある！
你真的複雜到我難以了解啊！

クールで、綺麗で、才能溢れた男で、
既冷酷又美麗，是個充滿才能的男人，

かと思えば、とんでもなく子供で。
卻像個小孩子一樣。

私は君の全てがいいんだ、
我喜歡你的全部，

時々怖くなるよ、
偶爾也感到害怕，

どうして私はこんなに君に夢中なんだろう？
為什麼我會如此沉迷於你呢？

取自：蓮川愛《戀愛操作》（恋愛操作）

臥著背硬著背每個詞彙都有腐味

單字表

屈折 （名詞）	詞意	折射；彎曲、曲折；扭曲、複雜
	例句	彼は彼に屈折した感情を抱いていた。 他對他有著複雜的情感。
子供 （名詞）	詞意	小孩、孩子
	例句	雪ではしゃぐのは子供だけ。 只有小孩子看到雪才會興奮
夢中 （名詞、 形容動詞）	詞意	著迷、入迷、沉迷；夢中
	例句	羊数えるのに夢中になったりして結局眠れない。 光顧著數羊會更加睡不著。
全て （副詞）	詞意	全部
	例句	全ての男性は全ての腐女子の愛のインストラクター。 所有的男性都是腐女的愛的教練。
怖い （形容詞）	詞意	恐怖的、可怕的
	例句	チャランポランな奴程怒ると恐い。 越是吊兒郎當的傢伙，生起氣來越是可怕。
溢れる （下一段 動詞）	詞意	滿溢、充滿
	例句	彼は欲情にあふれていた。 他充滿慾望。

長句短句說出你的巨型妄想

文 法 表

格助詞 で	表示狀態	ジジィになってもあだ名で呼び合える友達を作れ。 交幾個老了以後也能互叫綽號的朋友吧。
	造句練習	打架就應該好好打。 --- 解答： 喧嘩はグーでやるべし。 男人的心好比煮雞蛋，而煮老的雞蛋是不會被擊潰的。 --- 解答： 男は心に固ゆで卵だって、固ゆで卵は潰れない。

大人ってやつに今すぐなりたい、

otonatte yatsuni imasugu naritai、

無防備に笑うこの人を攫っちゃいたい。

muboubini warau kono hitowo saracchiyaitai。

「大人」にはどうやったらなれるワケ？
到底要怎樣才能變成「大人」？

20才になったら 自動的に？
到了二十歲就會自動變身嗎？

んなワケねーか？
應該沒這種事吧？

だって年くってても、
因為也有即使年紀增長，

中身はまるきりガキな奴もいるだろ？
內心仍是像個小鬼的傢伙吧？

資格があるなら、大人ってやつに今すぐなりたい、
如果我有資格的話，真想現在就變成大人，

しょぼい高校生なんて とっととやめて、
趕快脫離貧乏的高中生身分，

無防備に笑うこの人を攫っちゃいたい。
然後把這個笑得毫無防備的人從這裡擄走。

取自：川唯東子《轉角，與愛邂逅》（あの角を曲がったところ）

單 字 表
臥著背硬著背每個詞彙都有腐味

資格（名詞）しかく	詞意	資格
	例句	私には君を責める資格はない。 我沒有資格責備你。
大人（名詞）おとな	詞意	大人、成人
	例句	大人になったら僕の愛人にする？ 你長大後要當我的愛人嗎？
年（名詞）とし	詞意	一年；年紀
	例句	彼はもう筆おろしされてもいい年だ。※ 他也到了可以破處的年紀了。
中身（名詞）なかみ	詞意	內容物；內心；事物的內容、本質
	例句	彼の中身はまるで魔王の様な「超絶変態縄フェチサド野郎」です。 他其實是個魔王般的「超級繩縛死變態」。
自動的に（副詞）じどうてき	詞意	自動地
	例句	室温を自動的に調節する機械があるし、服を脱ごう！ 我有自動調節室溫的機器，所以把衣服脫掉吧！
攫う（五段動詞）さら	詞意	搶奪
	例句	公爵は彼氏を攫った。 公爵搶走了我的男朋友。

※ 筆おろし，以毛筆（筆）比喻男性生殖器，おろし指毛筆下筆的動作，因此引申爲男子破處的意思。

長句短句說出你的巨型妄想
文 法 表

	用言第二變化＋てしまう／ちゃう ※
表示驚訝	今年（ことし）できる事（こと）は今年（ことし）中（じゅう）にやっちゃった方（ほう）が区切（くぎ）りいいんだけど、つい来年（らいねん）から仕切（しき）り直（なお）しちゃいやって、思（おも）って後回（あとまわ）しにしてしまうのが年末（ねんまつ）のお約束（やくそく）。 雖然知道今年的事應該在今年做個了結，但是一到年末就會想明年再做也不遲，結果什麼都沒做成。
造句練習	我偷襲了曾我部先生！這是曾我部先生的貞操危機！ ―――――――――――――― 解答： 俺（おれ）が曽我部（そがべ）さんを襲（おそ）ってしまう！これは曽我部（そがべ）さんの貞操（ていそう）の危機（きき）！ 我們魔法球兒的若失去童貞，魔力就會消失，所以身為選手的期間必須忍耐嚴苛的禁慾生活。 ―――――――――――――― 解答： 俺（おれ）たち魔法球児（まほうきゅうじ）は童貞（どうてい）や処女（しょじょ）を失（うしな）うと魔力（まりょく）も消（き）えて無（な）くなってしまう。だから、選手（せんしゅ）である間（あいだ）は厳（きび）しい禁欲生活（きんよくせいかつ）に耐（た）えなければならない。

（左欄標示：てしまう／ちゃう）

※ てしまう／ちゃう遇到ン音便要變成でしまう／じゃう。

待<ruby>ま<rt></rt></ruby>ってなくていい、忘<ruby>わす<rt></rt></ruby>れていいよ、

matte akute ii、wasurete iiyo、

でも、また口說<ruby>くど<rt></rt></ruby>きに行<ruby>い<rt></rt></ruby>くからね。

demo、mata kudokini ikukarane。

桐谷：いやだ。一年半も待ってるかよ　俺とお前の時間の長さは違うんだ。

我不要，我哪等得了一年半啊，我的時間跟你的時間是不一樣的。

桐谷：お前のことなんか、今日別れたらすぐ忘れてやる。

今天分開之後，我會馬上忘記你的一切。

桐谷：だって俺ダメなんだよ。恋愛に溺れちゃうんだ。忘れなくて。

因為我太沒用了，一下子就沉溺在愛情裡，一直忘不了你。

桐谷：毎日お前のこと考えて、何も手につかなくて。

每天都在思考有關你的事，伸出手也抓不到東西。

桐谷：会いたい会いたいって……何ヶ月も　何百日も……そんなのいやなんだよっ！

想見你想見你……不管經過幾個月、幾百天還是這樣……我討厭這個樣子！

岸本：ごめん桐谷さん……待ってなくていい、忘れていいよ。でも、また口説きに行くからね。

對不起，桐谷。你不用等我，忘了我也沒關係，反正我還是會重新去追你喔。

取自：川唯東子《轉角，與愛邂逅》（あの角を曲がったところ）

臥著背硬著背每個詞彙都有腐味

單字表

長い （形容詞）	詞意	長的
	例句	長いものには巻かれろ！ 識時務者爲俊傑！ ※
口説き （名詞）	詞意	說服、遊說
	例句	彼の口説きに負けてその仕事を引き受けた。 他說服我接受這份工作。
会う （五段動詞）	詞意	會面、見面、相遇
	例句	人に会うときはまずアポをとる。 要和人見面，就得先預約 。
忘れる （下一段 動詞）	詞意	忘記
	例句	どうでもいいことに限ってなかなか忘れない。 唯獨那些無所謂的事，反而很難忘記。
溺れる （下一段 動詞）	詞意	沉入、陷溺
	例句	私は男と男の愛に溺れた。 我沉浸在男男之愛。
別れる （下一段 動詞）	詞意	離別、分開
	例句	BG 漫画と別れてもう長いことになる。 我告別 BG 漫畫很久了。

※「長いものには巻かれろ」爲慣用語，引申爲「識時務者爲俊傑」的意思。
長い是形容詞，意指「長的」。去掉い加上さ，變成名詞，指「長度」的意思。

長句短句說出你的巨型妄想
文法表

形容詞、動詞第四變化 ＋ の ＋ だ／です 名詞、形容動詞 ＋ なの ＋ だ／です		
準體助詞 の／ん※	表示強調語氣	性別は関係ない。お前が好きなんだ。 跟性別無關，我就是喜歡你。
	造句練習	我弟弟就是不喜歡女生！ ＿＿＿＿＿＿＿＿＿＿＿＿＿＿＿＿＿＿ ＿＿＿＿＿＿＿＿＿＿＿＿＿＿＿＿＿＿ 解答： 弟は女性が好きじゃないのだ！ 偷心的犯人就是金田一先生！ ＿＿＿＿＿＿＿＿＿＿＿＿＿＿＿＿＿＿ ＿＿＿＿＿＿＿＿＿＿＿＿＿＿＿＿＿＿ 解答： 心を盗んた犯人は金田一さんなのだ！

※ 五段動詞ン音便，の須變成ん。請參考 P.157。

頭の中なんてさ、同じだと思うよ。

atamano naka nantesa、onajidato omouyo。

ただひたすら、触りたくて欲しくなって。

tadahitasura、sawaritakute hoshiku natte。

頭の中なんてさ、同じだと思うよ。

人們腦袋想的東西，我想都是一樣的。

普段の自分なんて 全部消えて、

讓平時的自己完全消失，

浮かれて舞い上がって、

整個人興奮起來，

ただひたすら、触りたくて欲しくなって、

變得只想觸碰對方，

何をしても足りなくて。

不管做什麼都不夠，

こういう感覚はきっと皆同じだとそう思うよ。

這種感覺，我想大家一定都是一樣的吧。

取自：日高ショーコ《愛情風暴後》（嵐のあと）

臥著背硬著背每個詞彙都有腐味

單字表

自分 （名詞）	詞意	自己、自我
	例句	カワイイを連発する自分自身をカワイイと思ってんだろ。 妳們一定覺得一直說好可愛的自己很可愛吧。
普段 （名詞）	詞意	普通、平時
	例句	この本の後半は普段以上に意味不明な BL が展開されます。 這本書後半段展開超乎尋常、意味不明的 BL。
足りる （上一段 動詞）	詞意	足夠、滿足
	例句	愛だけが足りない。 只有愛是不夠的。
浮かれる （下一段 動詞）	詞意	興奮、亢奮
	例句	裕斗とラブラブデートをした僕はすごく浮かれてました！ 和裕斗進行愛愛約會，我很亢奮。
消える （下一段 動詞）	詞意	消失、消逝
	例句	彼の姿が霧の中に消えた。 他的身影消失在霧中。
舞い上がる （五段動詞）	詞意	浮在空中；興奮
	例句	その知らせを聞いて彼は舞い上がった。 他得知這個消息很興奮。

長句短句說出你的巨型妄想
文 法 表

用言第四變化＋と思う		
表示「引用」	想著～ 認為／以為～ 感覺到～	これは腐女子が死にたいと思った瞬間。 這是令腐女想死的瞬間。
～と思う 造句練習		我以為心臟要停止了。 _____ _____ 解答： 心臓が止まったのではないかと思った。 我認為他是最美的。 _____ _____ 解答： 僕は彼が一番綺麗だと思う。

剛強の腐魂

<ruby>一緒<rt>いっしょ</rt></ruby>にいるんだから、

isshiyoni irundakara、

<ruby>一緒<rt>いっしょ</rt></ruby>に<ruby>考<rt>かんが</rt></ruby>えていこうぜ。

isshiyoni kangaete ikouze。

俺ら性格から何から まるで違うけどよ、
我們無論是個性，還是其他各方面，都截然不同，

唯一同じ部分が 男だってとこなら。
唯一相同的是我們都是男人。

それで どうにかやっていけるんじゃねぇの？
但是，我們還是有辦法走下去的吧？

お前が俺のこと考えていてんのはよくわかったよ。
我很明白，你是在為我著想，

けど、こういうのは一方的に考えたって、意味ねぇだろ。
可是這種是從單方面來考慮是沒有意義的，

一緒にいるんだから、
因為我們在一起，

一緒に考えていこうぜ。
就讓我們一起考慮吧。

取自：山田ユギ《沒有愛的男人》（誰に愛されない）

臥著背硬著背每個詞彙都有腐味
單字表

唯一（名詞）ゆいいつ	詞意	唯一
	例句	あなたは私の唯一の愛だ。 你是我唯一的愛。
部分（名詞）ぶぶん	詞意	部分
	例句	それは全体のほんの小さな一部分に過ぎない。 這只是全體當中的一小部分。
意味（名詞）いみ	詞意	意味、意思
	例句	「801」とはどういう意味ですか？ 801 是什麼意思呢？
一緒に（副詞）いっしょ	詞意	一起
	例句	一緒に遊びませんか？ 你要一起玩嗎？
一方的に（副詞）いっぽうてき	詞意	單方地
	例句	一方的に約束を破った。 單方地打破約定。
いる（上一段動詞）	詞意	存在、在；有
	例句	僕の下に男は沢山いる。 我身下有很多男人。

長句短句說出你的巨型妄想

文 法 表

		用言第四變化＋の
終助詞 の	表示疑問	私^{わたし}と一緒^{いっしょ}に眠^{ねむ}いの？ ※ 你要和我一起睡嗎？
	表示斷定	だめだったの。※ 我不行了。
	表示確認	あなたも行^いきたいのね。 你也想射吧。
	表示命令	さあ、早^{はや}くやるの。 喂，快點做。
	造句練習	櫻桃會長成櫻花樹嗎？ ＿＿＿＿＿＿＿＿＿＿＿＿ ＿＿＿＿＿＿＿＿＿＿＿＿ 解答： さくらんぼって桜^{さくら}の木^きになるの？

※ 表示疑問，の的語調上揚。

※ 表示斷定，の的語調下沉。

剛強の腐魂

<ruby>佐条<rt>さじょう</rt></ruby>がさ、<ruby>受験<rt>じゅけん</rt></ruby>とかいろいろ<ruby>頑張<rt>がんば</rt></ruby>ってんのに、

sajiyougasa、jiyukentoka iroiro ganbattennoni、

<ruby>俺一人<rt>おれひとり</rt></ruby>で <ruby>置<rt>お</rt></ruby>いていかれた<ruby>気分<rt>きぶん</rt></ruby>みたいになって。

orehitoride oiteikareta kibunmitaini natte。

佐条がさ、受験とかいろいろ頑張ってんのに、

佐条那麼拚命地準備考試，

俺一人で置いていかれた気分みたいになって、

讓我覺得自己好像被你拋棄一樣，於是鬧起脾氣，

すねて卑屈んなって。

也自卑了起來。

なんもしてない自分が悪いのにさ、

明明是我自己什麼都不做，都是我的錯，

だから俺も前に進むことにした。

所以我也決定要向前邁進了。

俺はさ──

我覺得啊──

どーいうふうに生きても、

不管用什麼方式生活，

後悔するときはあるし、

都會有後悔的時候，

逆に得るものもあると思ってんだよね、

相對地，我們也會因此成長，

でも今んとこ佐条と別れるっていう選択肢はないんだ。

但是現在我的選項裡，沒有和你分手的選項。

取自：中村明日美子《同級生》

臥著背硬著背每個詞彙都有腐味

單字表

受験 （じゅけん） （名詞）	詞意	考試、測驗
	例句	受験で忙しくなる前に、二人で旅行に行こう。 在開始爲考試忙碌之前，兩個人去旅行吧。
気分 （きぶん） （名詞）	詞意	心情、感覺
	例句	気分転換に乳首を揉む。 爲了轉換心情揉一下乳頭。
卑屈 （ひくつ） （名詞、 形容動詞）	詞意	卑微、自卑
	例句	屈折した医者×鬱屈した卑屈な研修医という鬱々カップル。 個性扭曲的醫生×抑鬱自卑的實習醫生的憂鬱CP。
置く （お） （五段動詞）	詞意	放置
	例句	ほぼ１００％の確率でビニール傘を置き忘れてくる自分が嫌い。 討厭幾乎100%會忘記拿走塑膠傘的自己。
得る （え） （五段動詞）	詞意	得到
	例句	彼らはやっと両親の許可を得た。 他們最終獲得了雙親的認同。
進む （すす） （五段動詞）	詞意	前進、進展、發展
	例句	彼は磁石を頼りに北へ進んだ。 他靠著磁石往北前進。

長句短句說出你的巨型妄想

文 法 表

		用言第三變化＋し、B句
接續助詞し	表示並列	既〜又〜 医者は熱心だし、優しいです。 醫生又熱心又溫柔。
	表示原因	因為〜所以〜 愛があるし、どこへ行くことができます。 因爲有愛，所以哪裡都可以去。
	造句練習	那個人既有錢，又聰明。 _____ _____ 解答： あの人はお金もあるし、頭もいいです。 那個地方既安靜又美麗，是做愛的好地方。 _____ _____ 解答： あそこは静かだし、景色は美しい。セックスにはいい場所だ。

剛強の腐魂

俺なんか……酔ったワリて、

orenanka……yotta hurite、

幼なじみを誘うよーな奴だよっ！

osananajimiwo sasouyo — na yatsudayo ！

翔　：逃げんなよ！お前俺から逃げてばっかじゃねーかよ。

別想逃走！你就只會從我面前逃跑。

翔　：いつも黙って消えて……いつも……

什麼都不說就消失。每次都……

翔　：俺が嫌なんだったらハッキリそう言って居なくなれよ。じゃ
　　　なきゃ、俺またお前の事探すだろ。

如果你討厭我，跟我說清楚不就好了，不然我還是會繼續找你
的。

翔　：俺は酔ってんの分かってて、幼なじみに手を出すような奴だ！

我是個……明明知道你喝醉了，還對青梅竹馬下手的人。

太一：なん何だよ、それ。だから何だよっ……

你在說什麼……

太一：俺なんか……酔ったフリて、

我……我是假借喝醉，

太一：幼なじみを誘うよーな奴だよっ！

誘惑青梅竹馬的人啦！

取自：蛇龍どくろ《SUGAR》

臥著背硬著背每個詞彙都有腐味

單字表

幼なじみ （名詞）	詞意	青梅竹馬、兒時玩伴
	例句	色々なBL漫画を読んでみましたが、どうやら幼なじみが片方に恋して悩むっていうパターンが好きみたいです。 看過這麼多種漫畫，我還是最喜歡看青梅竹馬爲單戀煩惱的模式。
酔う （五段動詞）	詞意	喝醉；沉醉
	例句	ああ、どうやら酔ったらしい。 啊啊，我好像醉了。
黙る （五段動詞）	詞意	沉默
	例句	そういう時は黙って赤飯を炊く。 這時候就默默煮紅豆飯吧 。
誘う （五段動詞）	詞意	誘惑、誘引
	例句	誘い受けは相手を言葉やしぐさで性行爲に誘う人です。 用言語引誘對方發生性行爲的人就是誘受。
探す （五段動詞）	詞意	尋找、探尋
	例句	探しものをする時はそいつの目線になって探せ。 找東西的時候，要以那個東西的視線來找。
逃げる （下一段 動詞）	詞意	逃跑
	例句	牢獄から逃げたルフィはエースのことを忘れない。 逃出監獄的魯夫忘不了艾斯。

長句短句說出你的巨型妄想

文 法 表

比況助動詞 ～ような～	用來修飾名詞 表示呈現某種狀態	用言第四變化＋ような＋名詞 名詞＋のような＋名詞
		18禁を越すような BL 漫画を教えてください！ 請告訴我超越十八禁的BL 漫畫。
	造句練習	像惡魔的他。 ——— 解答： 悪魔のようなあいつ。 他是像天使般溫柔的人。 ——— 解答： 彼は優しくて天使のような人です。

47

神よ！お許しください！

kamiyo ！ oyurushi kudasai ！

この男と 一緒に死ぬ事が こんなにも幸福です！

kono otokoto isshiyoni shinukotoga konnanimo kouhukudesu ！

ジェラール：愛しいジャック。

可愛的傑克。

ジェラール：お前が死んだら生きてはいけない程、

如果你死了我也活不下去，

ジェラール：お前を愛してるよ。

我愛你。

ジェラール：俺がこの世に生きてはいるのは、もうえ前のためだけだ。

我活在這世上全是為了你。

ジェラール：だから、生きていてくれ。

所以你一定要活著。

ジェラール：お前が呼吸をしていると思うだけで、

只要我想到你還在呼吸，

ジェラール：俺は胸がつまる程、幸福な気持ちになれる。

我胸中就能滿溢幸福。

ジャック　：さあ早く行け！

你快走吧！

ジェラール：嫌だ。

不要。

ジャック　：神よ！お許しください！この男と一緒に死ぬ事がこん
なにも幸福です！

主啊！請你原諒我。能和這個男人一起死去，竟然是這
麼幸福的事！

取自：よしながふみ《獨眼龍與少年》（ジェラールとジャツク）

臥著背硬著背每個詞彙都有腐味

單字表

胸 （むね） （名詞）	詞意	胸膛
	例句	胸（むね）がぎゅーってなる BL を探（さが）してます！ 尋找讓人心撲通撲通跳的 BL ！
呼吸（こきゅう） （名詞）	詞意	呼吸
	例句	過呼吸（かこきゅう）の兵長（へいちょう）はかわいいです。 過度呼吸的兵長好可愛。
愛しい（いとしい） （形容詞）	詞意	可愛的、惹人憐愛的
	例句	愛（いと）しい顔（かお）には必（かなら）ず何（なに）かが隠（かく）れてる。 可愛的臉龐底下，一定隱藏了不為人知的秘密。
早い（はやい） （形容詞）	詞意	早的、快的
	例句	君（きみ）がその本（ほん）を読（よ）むのはまだ早（はや）いよ。 你還不到可以看這本書的年紀。
許す（ゆるす） （五段動詞）	詞意	許可；原諒
	例句	政府（せいふ）はついにホモとレズの結婚（けっこん）を許（ゆる）した。 政府最終許可了同性戀的婚姻。
死ぬ（しぬ） （五段動詞）	詞意	死亡
	例句	一度（いちど）した約束（やくそく）は死（し）んでも守（まも）れ。 一旦答應人家的事到死都要遵守。

長句短句說出你的巨型妄想

文 法 表

		用言第二變化＋てください 名詞＋をください	
くださいい	表示希望	請 ～	お父さんを僕にください。 **請把爸爸託付給我吧！**
	造句練習	**請再給我一次機會。** 解答： もう一度試みるチャンスをください。 **請關窗戶。** 解答： 窓を閉めてください。	

剛強の腐魂

俺はお前のこと

orewa omaeno koto

手離したりなんか絶対できねェしたくねーよ。

tebanashitari nanka zettaide kineeshitaku ne — yo。

おまえのこと考えった、

我在想著你，

ずっとおまえのこと考えった。

一直一直想著你。

確かに俺たちは出口のない関係なのかもしんねーよ、

確實，或許我們的關係真的沒有出路，

結局は何もかも捨てて逃げるなんて、ガキくせぇマネも できる
わけねーって。

我們也不能像毛頭小子一樣，捨棄一切逃走。

わかってる終わりになんかできねーよ、

這些我都明白，

俺はお前のこと手離したりなんか絶対できねェしたくねーよ。

但是分手我真的做不到，我真的沒辦法放手。

取自：不破慎理《勇敢去愛》（又名「吻上你的指尖」）（爪先にキス）

臥著背硬著背每個詞彙都有腐味

單 字 表

出口 （名詞）	詞意	出口
	例句	ほら、穴の出口はこれだけだ。 瞧，洞穴的出口就只有這個。
結局 （名詞、 副詞）	詞意	結果、最後、最終
	例句	羊数えるの自体に夢中になったりして、結局眠れないことも多い。 光顧著數羊最後會更加睡不著。
終わる （五段動詞）	詞意	終結、結束
	例句	戦争が終わった。 戰爭結束了。
ずっと （副詞）	詞意	一直
	例句	一晩中ずっとBLの本を読み続けた。 我整個晚上都一直在看BL本。
逃げる （下一段 動詞）	詞意	逃跑、逃亡
	例句	深山から逃げた染谷の理由とは何ですか？ 染谷從深山裡逃出來的理由是什麼呢？
離す （五段動詞）	詞意	分開、分離
	例句	私はせっている男の子を離した。 我分開正在做愛的男子。

 長句短句說出你的巨型妄想

文法表

名詞＋が＋できる		
表示可能、能夠	可以～	私はお酒が少ししか飲むことができません。 我只會喝一點點酒。
できる / 造句練習		雖說壓力是禿頂的原因，但刻意的避免壓力還是會造成壓力，到頭來我們還是什麼都做不了。 解答： ストレスはハゲる原因になるが、ストレスをためないように気を配ると、そこでまたストレスがたまるので、結局僕らにできることなんて何もない。 主角功受皆可是非常有魅力的。 解答： 主人公が受けでも攻めでもできるのはとっても魅力がある。

剛強の腐魂

さあ、俺を野に放て、我が主。

saa、orewo noni hanate、warega nushi。

お前の呼ぶ声が俺の総てだ。

omaeno yobukoega oreno subeteda。

タ　　キ：直ちにここで作戦内容を説明し、私に出撃の赦しを乞え。

重新在這裡跟我說作戰計畫，向我乞求出擊的命令。

タ　　キ：私は なにも 奪わせない。

我什麼都不會被奪走。

タ　　キ：大地も、誇りも、願いも。

大地、驕傲、願望。

タ　　キ：取り上げ 凌 辱 することなど 何人といえ、赦さない。

不管是誰來奪取、侮辱，我都不會原諒。

クラウス：さあ、俺を野に放て、我が主。

把我野放吧！我的主人。

クラウス：お前の呼ぶ声が俺の総てだ。

您召喚的聲音，是我的全部。

タ　　キ：私の願いを叶えるか？

你能實現我的願望嗎？

クラウス：騎士の名に賭けて誓うよ。

我以騎士之名宣誓。

取自：稻荷家房之介《百日薔薇》（百日の薔薇）

臥著背硬著背每個詞彙都有腐味

單字表

総て (名詞、副詞)	詞意	全部
	例句	鳴人にとって佐助がすべてだった。 對鳴人來說，佐助就是一切。
赦す (五段動詞)	詞意	原諒
	例句	彼の罪は赦された。 他的罪被原諒了。
誓う (五段動詞)	詞意	發誓
	例句	彼は禁酒を誓った。 他發誓不喝酒。
乞う (五段動詞)	詞意	請求、乞求
	例句	大衆の許しを乞う。 請求大衆的原諒。
叶える (下一段動詞)	詞意	實現
	例句	どうか私の願いを叶えてください。 請實現我的願望。
放(れ)る (下一段動詞)	詞意	釋放；野放；放開；解脫
	例句	犬が鎖から放(れ)る。 狗脫離鎖鍊。

※ 放る是放れる的文語形，即書面語。

長句短句說出你的巨型妄想
文法表

		A 名詞も B 名詞も
副助詞 も	表示並列	忍跡も塚不二も好きです。※ （おしあと つかふじ す） 忍跡和塚不二我都喜歡。
	造句練習	人生跟遊戲都是 BUG。 ―――――――――――― 解答： 人生（じんせい）もゲームもバグだらけ。 在澡堂泡澡身心皆裸。 ―――――――――――― 解答： 銭湯（せんとう）では身（み）も心（こころ）も丸裸（まるはだか）。

※ 忍跡和塚不二是網球王子的 BL CP，忍跡是忍足侑士和跡部景吾；塚不二是
　手塚国光和不二周助。

剛強の腐魂

それにしても、

soreni shitemo、

毎度毎度自分本位なホールドばかりで、

maido maido jibunhonina ho — rudo bakaride、

まるで男らしさを感じない。

marude otokorashisawo kanjinai。

それにしても、
話說回來，

毎度毎度自分本位なホールドばかりで、
你每次都不顧對方的步調自跳自的，

まるで男らしさを感じない。
真是個沒責任感的男人。

こんな男に抱きしめられたくないし。
像你這樣，別人根本無法信賴你，將身心交給你。

ダンスなんか踊りたくない。
沒人想在你的懷中，與你共舞。

取自：井上佐藤《10 DANCE》

単字表
臥著背硬著背每個詞彙都有腐味

毎度 まいど （名詞）	詞意	毎次
	例句	BL 読んでると毎度 幸せな気持ちにさせられる。 每次看 BL 都覺得很幸福。
本位 ほんい （名詞）	詞意	以〜爲中心；基準
	例句	彼は享 楽本位だ。 他以享樂爲主。（即時行樂）
ダンス （名詞）	詞意	舞蹈
	例句	この次のダンスのお相手をしていただけますか？ 可以跟我跳下一支舞嗎？
男らしさ おとこ （名詞）	詞意	男子氣概
	例句	肉体的・能力的な男らしさだけではなく、富と権力が 必須なのだ。 不只是肉體與能力的男子氣概，財富和權力也是必須的。
まるで （副詞）	詞意	完全；就是
	例句	彼は性別がまるで気に掛けなかった。 他完全不在意性別。
踊る おど （五段動詞）	詞意	跳舞
	例句	僕たちはピアノの伴奏で踊った。 我們隨著鋼琴伴奏跳舞。

長句短句說出你的巨型妄想

文法表

		用言第四變化＋ばかり 名詞＋ばかり		
副助詞 ばかり	表示限定	只光 ～ ～	親子ってのは嫌なとこばかり似るもんだ。 親子只在討人厭的地方很像。	
	造句練習	這個世界上，到處都是鬼。 ─────────────── ─────────────── 解答： 渡る世間はオバケばかり。 BL的世界充滿了愛。 ─────────────── ─────────────── 解答： BLの世間は愛ばかり。		

剛強の腐魂

附錄：

ののし **罵る** 罵、咒罵 五段動詞	だ **抱く** 擁抱、懷抱 五段動詞	み　だ **見つけ出す** 找出、找到 五段動詞	うば **奪う** 奪取、搶取 五段動詞
あつか **扱う** 對待、應對、操作 五段動詞	く　　かえ **繰(り)返す** 反覆、重覆 五段動詞	ちが **違う** 想錯、搞錯、誤會 五段動詞	よ **寄りかかる** 依靠、依偎、靠著 五段動詞
しず **沈む** 沉沒、下沉 五段動詞	はじ **始まる** 開始、展開 五段動詞	き **聞く** 聽、聆聽 五段動詞	もど **戻る** 返回、回歸、回復 五段動詞
とど **届く** 傳達、傳遞、抵達 五段動詞	めぐ **巡る** 循環、環繞、圍繞 五段動詞	の **伸ばす** 伸展、延伸；提升 五段動詞	つよ **強がる** 逞強、勉強 五段動詞
わら **笑う** 笑 五段動詞	も **持つ** 拿著、持有、擁有 五段動詞	い **言う** 說 五段動詞	さげす **蔑む** 輕視、蔑視 五段動詞
な **成す** 完成、促成、形成 五段動詞	み **見る** 看見、看 五段動詞	や **遣る** 做、做愛 五段動詞	あ **空く** 空蕩、空下來 五段動詞

と **泊まる** 停留、留宿 五段動詞	さ **刺さる** 刺、刺入 五段動詞	かば **庇う** 守護、保護 五段動詞	し **死ぬ** 死亡 五段動詞
ひろ **拾う** 撿、拾、挑出 五段動詞	よわ **弱る** 虛弱、弱 五段動詞	つ あ **付き合う** 來往；一起行動 五段動詞	ゆる **許す** 允許、許可；原諒 五段動詞
のぞ **望む** 渴望；期待；眺望 五段動詞	かんが **考える** 想、思考、考慮 五段動詞	わく **湧く** 湧出、產生 五段動詞	い き **言い切る** 斷言 五段動詞
つづ **続く** 持續、接續 五段動詞	き **利く** 使生效、使可能 五段動詞	さそ **誘う** 誘惑、誘引 五段動詞	えら **選ぶ** 選擇、挑選；偏愛 五段動詞
ゆず **譲る** 讓步；讓出、讓與 五段動詞	さわ **触る** 觸摸、觸碰 五段動詞	はず **外す** 放開、脫掉、移除 五段動詞	さら **攫う** 搶奪 五段動詞
あ **会う** 會面、見面、相遇 五段動詞	お **置く** 放置 五段動詞	すす **進む** 前進、進展、發展 五段動詞	よ **酔う** 喝醉；沉醉 五段動詞

舞い上がる（ま・あ） 浮在空中；興奮 五段動詞	**得る**（え） 得到 五段動詞	**探す**（さが） 尋找、探尋 五段動詞	**思う**（おも） 想起、認為、覺得 五段動詞
終わる（お） 終結、結束 五段動詞	**離す**（はな） 分開、分離 五段動詞	**赦す**（ゆる） 原諒 五段動詞	**誓う**（ちか） 發誓 五段動詞
乞う（こ） 請求、乞求 五段動詞	**踊る**（おど） 跳舞 五段動詞	**默る**（だま） 沉默 五段動詞	**忘れる**（わす） 忘記 下一段動詞
足りる（た） 足夠、滿足 上一段動詞	**いる** 存在、在；有 上一段動詞	**過ぎる**（す） 經過；越過；過度 上一段動詞	**生きる**（い） 活著 上一段動詞
似る（に） 相似 上一段動詞	**信じる**（しん） 相信 上一段動詞	**堕ちる**（お） 墮入、落入 上一段動詞	**閉じる**（と） 關閉、閉上 上一段動詞
逃げる（に） 逃跑 下一段動詞	**叶える**（かな） 實現 下一段動詞	**放（れ）る**（はな） 放置、投放 下一段動詞	**溺れる**（おぼ） 沉入、陷溺 下一段動詞

な **慣れる** 習慣、熟悉 下一段動詞	**み** **見つめる** 看著、望著、凝視 下一段動詞	**ふる** **震える** 震動、顫抖、抖動 下一段動詞	**き** **消える** 消失、消逝 下一段動詞
なが **流れる** 流動、流轉 下一段動詞	**たお** **倒れる** 倒下 下一段動詞	**あふ** **溢れる** 滿溢、溢出、充滿 下一段動詞	**う** **生まれる** 誕生、出生；產生 下一段動詞
こわ **壊れる** 破壞、壞掉 下一段動詞	**えら** **選べる** 選擇 下一段動詞	**す** **好かれる** 使〜喜歡上 下一段動詞	**きら** **嫌われる** 討厭、厭惡 下一段動詞
たと **例える** 例如、好比說 下一段動詞	**から** **絡める** 纏繞；綁住 下一段動詞	**むくわれる** 得到回報 下一段動詞	**ふく** **含める** 包含、包括 下一段動詞
た **耐える** 忍受、忍耐、承受 下一段動詞	**あきら** **諦める** 放棄 下一段動詞	**はじ** **初める** 初始 下一段動詞	**て** **照れる** 害羞、檻尬 下一段動詞
う **浮かれる** 興奮、亢奮 下一段動詞	**わか** **別れる** 分開、離別 下一段動詞	**ふられる** 分手、甩 下一段動詞	**さま** **様** 〜大人(敬稱) 接尾語

かんたん **簡単** 簡單、簡短 形容動詞	ふ たし **不確か** 不確定、不確實 形容動詞	きれ い **綺麗** 美麗的 形容動詞	みだ **淫ら** 淫亂、淫蕩的 形容動詞
おお **大ざっぱ** 大約 形容動詞	いや **嫌** 討厭 形容動詞	たいせつ **大切** 重要 形容動詞	こわ **怖い** 恐怖、可怕 形容詞
ちか **近い** 近的、接近的 形容詞	なが **長い** 長的 形容詞	いと **愛しい** 可愛的 形容詞	はや **早い** 早的、快的 形容詞
つめ **冷たい** 冷的、冷淡的 形容詞	ふか **深い** 深的、深刻、深奧 形容詞	わる **悪い** 討厭、厭惡 形容詞	いきぐる **息苦しい** 喘不過氣的 形容詞
やさ **優しい** 溫柔 形容詞	むずか **難しい** 困難 形容詞	かわい **可愛い** 可愛的 形容詞	**うるさい** 吵鬧、煩人 形容詞
いた **痛い** 痛的 形容詞	うし ぐら **後ろ暗い** 後悔、愧疚 形容詞	じ ぶん **自分** 自己 代名詞	まえ **お前** 你、您 代名詞

どっち 哪一個、哪一方 代名詞	ぜったい **絶対** 絕對 名詞、形容動詞	じゅんすい **純粋** 純粋、純真、純正 名詞、形容動詞	す **好き** 喜歡 名詞、形容動詞
むちゃ **無茶** 無理 名詞、形容動詞	ざんこく **残酷** 殘酷 名詞、形容動詞	ふようい **不用意** 不在意、隨便 名詞、形容動詞	ほんき **本気** 認真 名詞、形容動詞
ふもう **不毛** 徒勞；貧瘠 名詞、形容動詞	かって **勝手** 兀自、任意 名詞、形容動詞	ぎゃく **逆** 相反、反面 名詞、形容動詞	せいじつ **誠実** 誠實 名詞、形容動詞
べつ **別** 幸福 名詞、形容動詞	かんたん **簡単** 簡單、簡短 名詞、形容動詞	**いろいろ** 全部 名詞、形容動詞	さいあく **最悪** 最糟 名詞、形容動詞
がまん **我慢** 同情 名詞、形容動詞	ひくつ **卑屈** 卑微、自卑 名詞、形容動詞	ばか **馬鹿** 笨蛋、白癡 名詞	さいご **最後** 最後 名詞
とき **時** 時候、時刻、時間 名詞	あいて **相手** 對象、對手 名詞	じせい **時世** 時代、世代 名詞	ていど **程度** 程度 名詞

うんめい **運命** 命運 名詞	ゆか **床** 地板 名詞	ほう **方** 一方、方面 名詞	ゆび **指** 手指 名詞
せすじ **背筋** 背脊 名詞	ことば **言葉** 言語、話語 名詞	みらい **未来** 未來 名詞	せけん **世間** 世界；世人、人們 名詞
へんたい **変態** 變態 名詞	ころ **頃** 時刻、時候 名詞	よっきゅう **欲求** 欲求、慾望 名詞	かんじょう **感情** 感情 名詞
ちしき **知識** 知識 名詞	ゆうじん **友人** 朋友 名詞	おとこ **男** 男生、男人 名詞	あな **穴** 穴、屁眼 名詞
かお **顔** 臉 名詞	せかい **世界** 世界 名詞	**ヤクザ** 黑道 名詞	はら **腹** 肚子、腹部 名詞
きょひ **拒否** 拒絕、否認、否決 名詞	ちょくぜん **直前** ～之際；正前方 名詞	いっかい **一回** 一次、一回 名詞	した **舌** 舌頭 名詞

先 さき 前端、事前、先 名詞	**セリフ** 台詞、話語 名詞	**命** いのち 生命、壽命、命運 名詞	**安心** あんしん 安心、放心 名詞
為 ため 原因、為了 名詞	**犬** いぬ 狗 名詞	**傍** そば 旁邊、身邊 名詞	**人** ひと 人、人類 名詞
程 ほど 程度 名詞	**不意打ち** ふ いう 驚喜、突襲 名詞	**ケツ** 屁股 名詞	**悪魔** あくま 惡魔 名詞
関係 かんけい 關係 名詞	**仕事** し ごと 工作、職業 名詞	**最高** さいこう 最棒 名詞	**笑顔** え がお 笑臉、笑顏 名詞
直接 ちょく せつ 直接 名詞	**想像** そう ぞう 想像 名詞	**幸せ** しあわ 幸福 名詞	**性格** せいかく 個性、性格 名詞
生き物 い もの 生物 名詞	**みんな** 大家、各位 名詞	**夢中** む ちゅう 著迷；夢中 名詞	**男らしさ** おとこ 男子氣概 名詞

きず **傷** 傷痕、傷口、傷 名詞	しかた **仕方** 辦法 名詞	じんせい **人生** 人生 名詞	で あ **出会い** 相遇、邂逅 名詞
どうじょう **同情** 同情 名詞	かこ **過去** 過去 名詞	ぜんぶ **全部** 全部 名詞	じょう **情** 感情、情緒、心情 名詞
もう わけ **申し訳** 辯解、藉口 名詞	こい **恋** 戀愛、愛情 名詞	さいのう **才能** 才能 名詞	いっしょう **一生** 一生 名詞
あいだ **間** 期間 名詞	いま **今** 現在 名詞	ものがたり **物語** 故事、談話、敘述 名詞	ぜんと **前途** 前途、未來 名詞
れんあい **恋愛** 戀愛 名詞	**セックス** SEX、性愛 名詞	おも **想い** 思慕、愛戀之心 名詞	けいけん **経験** 經驗 名詞
ふり 樣子 名詞	**たぶん** 大概；大部分 名詞	ぶんるい **分類** 分類、種類 名詞	**うち** 裡面、當中、以內 名詞

ふ じ ゆう **不自由** 不自由 名詞	ゆう き **勇気** 勇氣 名詞	じっさい **実際** 實際、事實 名詞	かん じゃ **感謝** 感謝 名詞
ジャマ 干擾、妨礙 名詞	き かい **機械** 機械、機器 名詞	ほん とう **本当** 真的、真正 名詞	しん ぞう **心臓** 心臟 名詞
きょ り **距離** 距離 名詞	いっしゅん **一瞬** 一瞬間 名詞	とき **時** 時候、時刻 名詞	せいへき **性癖** 傾向、嗜好 名詞
き も **気持（ち）** 心情 名詞	し ばい **芝居** 戲、戲劇、演戲 名詞	へ や **部屋** 房間、房屋、住所 名詞	まいにち **毎日** 每天 名詞
よくじょう **欲情** 性慾、情慾、慾望 名詞	だれ **誰** 誰 名詞	うえ **上** 上面 名詞	て **手** 手 名詞
こえ **声** 聲音、嗓音 名詞	ぜん ぶ **全部** 全部 名詞	くっせつ **屈折** 折射：扭曲、複雜 名詞	こ ども **子供** 小孩、孩子 名詞

しかく **資格** 資格 名詞	おとな **大人** 大人、成人 名詞	とし **年** 一年；年紀 名詞	なかみ **中身** 内容、内心 名詞
くど **口說き** 說服、遊說 名詞	ほんい **本位** 以～為中心；基準 名詞	ふだん **普段** 普通、平時 名詞	ゆいつ **唯一** 唯一 名詞
ぶぶん **部分** 部分 名詞	いみ **意味** 意味、意思 名詞	じゅけん **受験** 考試、測驗 名詞	きぶん **気分** 心情、感覺 名詞
ひとみ **瞳** 眼睛、眼眸 名詞	おさな **幼なじみ** 青梅竹馬 名詞	**ふたり** 兩人 名詞	せんたく **選択** 選擇 名詞
よち **余地** 餘地、餘裕 名詞	まいど **毎度** 毎次 名詞	むね **胸** 胸膛 名詞	こきゅう **呼吸** 呼吸 名詞
でぐち **出口** 出口 名詞	**ダンス** 舞蹈、跳舞 名詞	すべ **総て** 全部 名詞、副詞	いちばん **一番** 第一、最 名詞、副詞

けっきょく **結局** 結果、最終 名詞、副詞	**うずうず** 蠢蠢欲動、不禁 副詞	**ちょっと** 稍微、一會兒 副詞	すご **凄く** 非常、極度 副詞
いっぽうてき **一方的に** 單方地 副詞	**まるで** 完全；就是 副詞	よう **要するに** 總而言之 副詞	いっしょ **一緒に** 一起 副詞
じどうてき **自動的に** 自動地 副詞	しんけん **真剣に** 認真地 副詞	かなら **必ず** 一定、必定 副詞	すべ **全て** 全部 副詞
ずっと 一定、一直 副詞	**きっと** 一定 副詞	ぼっとう **没頭する** 投入、埋首 サ行動詞	き が **気兼ねする** 顧慮、在意 サ行動詞
くっぷく **屈服する** 使屈服、降服 サ行動詞	ば とう **罵倒する** 辱罵 サ行動詞		

國家圖書館出版品預行編目資料

腐女的BL日本語：攻受皆宜, 滿足鬼畜, 有
　感定番 / 宅腐福利社作. -- 初版. --新北
市：智富, 2015.02
　　面；公分. -- (宅配到腐；1)
　ISBN 978-986-6151-80-4 (平裝)

　1. 日語 2. 讀本

803.18　　　　　　　　　103026382

宅配到腐 1

腐女的BL日本語：攻受皆宜，滿足鬼畜，有感定番

作　　者 / 宅腐福利社
繪　　者 / 阿星嗓
審　　訂 / 嚴守潔
主　　編 / 陳文君
責任編輯 / 石文穎
出 版 者 / 智富出版有限公司
發 行 人 / 簡玉珊
地　　址 / (231)新北市新店區民生路19號5樓
電　　話 / (02)2218-3277
傳　　真 / (02)2218-3239（訂書專線）
　　　　　　　(02)2218-7539
劃撥帳號 / 19816716
戶　　名 / 智富出版有限公司　單次郵購總金額未滿500元（含），請加50元掛號費
世茂官網 / www.coolbooks.com.tw
排版製版 / 辰皓國際出版製作有限公司
印　　刷 / 祥新印刷股份有限公司
初版一刷 / 2015年2月
**　　四刷** / 2017年8月
Ｉ Ｓ Ｂ Ｎ / 978-986-6151-80-4
定　　價 / 300元

Welcome My 継

Welcome My 縫